KB188080

스즈키 타카시
Suzuki Takashi
갓 스물이 된 대학생.
여자친구인 쿠레하의 대담한 장난에
언제나 이성이 붕괴 직전.

오타니 쿠레하
Otani Kureha
대학교에서 모르는 사람이 없을 정도로
유명한 미녀. 타카시를 너무 좋아하며
술을 마시면 더욱 대담하게
그를 유혹한다.

선배와 첫 칵테일바

"앞으로 여기에는,
너랑 같이 있을 때만
오기로 마음먹었으니까."

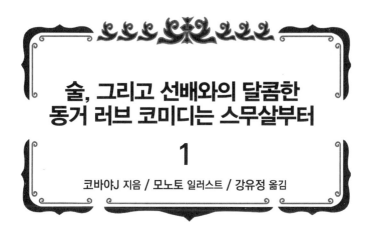

술, 그리고 선배와의 달콤한
동거 러브 코미디는 스무살부터

1

코바야J 지음 / 모노토 일러스트 / 강유정 옮김

S NOVEL

컬러, 본문 일러스트 | **모노토**

"있잖아, 타카시 군. 스무 살이 된 김에 우리 슬슬 동거라도 할까?"

중요한 결단을 내려야 할 순간은 언제나 갑작스럽게 찾아오고, 생각할 시간조차 주지 않는다.

어른의 향기를 폴폴 풍기며 달콤한 목소리로 나를 유혹하는 한 여성. 진홍색 머리카락을 옆으로 묶고, 풍만함을 자랑하는 가슴 사이의 골을 아낌없이 보여 주는 헐렁한 티셔츠 차림의 미녀. 얇은 셔츠 너머로 희미하게 검은 속옷이 비쳐 보이는 것도 전혀 개의치 않는다.

입꼬리가 살짝 젖은 상태로 요염한 웃음을 짓는 그녀의 옆에 있는 것은 여러 개의 빈 캔. 하이퍼드라이에 동결까지, 유명 브랜드의 술 캔이 데굴데굴 굴러다니고 있다. 그리고 그녀의 손에도 레몬 사와가 들려 있었다.

"쿠레하 선배. 술은 슬슬 그만 마시고 음료수 마셔요. 자, 선배가 좋아하는 미스터 페퍼도 있어요."

새빨간 머리카락을 지닌 미녀, 오타니 쿠레하 선배의 손에서 레몬 사와를 빼앗고 대신 그녀가 좋아하는 음료를 들려주었다.

하지만 아무리 좋아하는 음료를 건네더라도, 이미 몇 캔이나 비운 쿠레하 선배로부터 술을 빼앗는 것은 실수였던 모양이다.

"동거랑 술 중에 어느 쪽이 중요한데?!"

갑자기 쿠레하 선배가 알 수 없는 말을 꺼냈다.

어느 쪽이 중요하냐니, 굳이 말하자면 선배가 중요한데. 단지 그뿐이다. 괜히 대답을 잘못해서 선배를 상처 입히고 싶지는 않았다.

"잘 들으세요, 쿠레하 선배. 저희는 아직 어려요. 쉽게 동거를 결정할 상황이 아니라고요."

"나, 스물하나. 너, 오늘로 스물. 둘 다 성인. 신난다, 어른이야. 이제 동거하자!"

"선배 스물한 살 맞아요?! 그건 너무 어린애 같은 생각이잖아요!!"

"뭐야. 취한 내가 나쁘단 거야―?"

"언제나 대충대충이긴 하지만 오늘은 특히 심해요!"

"언제나 귀엽다니, 부끄럽잖아~. 아예 우리, 결혼해 버릴까?"

"안 해요!!"

진심으로 선배를 소중하게 생각한다. 그런데 쿠레하 선배에게는 내 의도가 전혀 전해지지 않았다.

선배가 나쁜 건 아니지만, 스물이 되었다고 제대로 된 어른이라고 할 수는 없다. 적어도 취한 상태로 동거를 넘어 프러포즈까지 하는 대학 선배는 어른이라고 말할 수 없었다.

게다가 농담조도 아니고 진지한 표정으로 '결혼해 버릴까?'라고 말하니, 더욱 어른답게 느껴지지 않았다.

쿠레하 선배와 내가 사귀는 사이여도 말이다.

"잘 들으세요. 선배. 저는 딱히 선배와 동거하기 싫은 게 아니에요. 단지 선배 부모님께서 허락하실지를 걱정하는 거예요."

"괜찮아, 괜찮아. 남자친구가 스물이 되면 동거할지도 모른다고 부모님께는 말해 놨으니까."

"너무 가볍게 생각하고 계시는 거 아닌가요, 선배네 가족 분들……."

쿠레하 선배가 가족에게 나를 '남자친구'라고 소개한 점은 기쁘지만, 그녀가 가족에게 말했다는 내용이 전혀 괜찮지 않았기에 걱정을 숨길 수 없었다.

"흥. 내 마음의 문은 그렇게 가볍지 않아!"

"가벼워요! 너무 가벼워요! 사귀자마자 자물쇠가 흐물흐물 녹아 버렸잖아요!!"

"그건 타카시 군의 마음이 너무 뜨거워서 그렇잖아~."

"이 선배, 안 되겠어. 빨리 어떻게든 하지 않으면……."

말이 통하지 않는 선배의 비정상적인 면도 걱정되기만 했다.

"……이제 내가 싫어?"

"그랬으면 선배의 콩트에 어울리지도 않았을 거예요."

"신난다~. 역시 내가 고른 남자~! 와아! 아이돌 같아!!!"

"그건 아이돌에게 실례가 아닐까요?!"

애교 넘치는 표정에서 울먹이는 불안한 표정으로. 그리고 다시 애교스러운 표정으로.

획획 바뀌었다가 돌아오는 쿠레하 선배의 모습에, 나는 싫어지기는커녕 그녀를 향한 마음이 한층 더 깊어졌다.

주정뱅이에, 후배인 내게 어리광을 부리고, 다른 사람 앞에선 틈을 보이지 않는 미녀면서, 뒤에선 메시지 어플로 내게 '보고 싶어 보고 싶어……'라는 말을 보낸다.

끊임없이 다른 모습을 보여 주는 쿠레하 선배에게 나는 매료될 수밖에 없었다.

오늘도 쿠레하 선배가 내 스무 살 생일을 축하해 주겠다고 해서 내심 두근거렸다. 설마 혼자 술을 들이붓다가 동거 이야기를 꺼낼 줄은 몰랐지만.

……좀 더 사이를 진전시킬 수 있지 않을까 기대했던 내 마음을 조금은 돌려줬으면 좋겠다. 스물이 된 기념이라면서 곧장 침대로——.

"——!!"

아, 안 되겠어. 떠올리니 더 부끄러워. 아무리 선배를 좋아하더라도 해도 되는 생각과 아닌 것의 선은 있다. 방금 그건 분명 위험했어……!

번민했다. 머릿속에 떠오른 선배의 고혹적인 표정에 번민했다. 그리고, 욕망에 휩쓸려서 그다음 일까지 상상한 내 탐욕스러움이 부끄러워서 번민했다.

번민하고 번민하다, 수치에 물들었다. 옆에 있던 선배가 시야에 들어오지 않을 정도로.

"왜, 왜 그래?! 설마 진짜 내가 싫어진 거야?!!"

"네?"

"네? 가 아니라, 아까부터 머리를 감싸고 있잖아. 내가 너무 장난쳐서 정말 싫어졌나 하고…….."

설마 선배를 걱정시킬 줄은 몰랐다. 머리를 감싸 안은 나를 들여다보는 선배의 얼굴은 심각할 정도로 비통함으로 가득 차 있었다.

내가 싫어진 거야? 슬픈 표정으로 내뱉는 연인의 말에, 가슴이 꽉 조여들었다.

나는 지금 뭘 하고 있지. 좋아하는 선배를 상처 입히고 뭘 하는 거지.

"아…… 아니에요! 싫어진 게 아니에요! 단지 조금, 혼자 설레발을 쳤다고 생각한 것뿐이에요!"

말이 안 나올 정도의 가슴 통증을 쫓아내며 나는 선배의 말을 부정했다. 슬픈 말을 전력으로 부정했다.

싫어하다니? 어떻게? 어떻게 선배를 싫어하지?

나는 선배와 보내는 시간이 그 무엇보다 좋은데.

"정말? 정말로 싫어진 게 아니야?"

"싫어지지 않았어요. 저는…… 선배가 저한테 장난치는 게 행복해서, 좀 더 선배와 놀고 싶어서 고백한 거라고요."

"그래? 그럼 다행이다……."

안도하며 평소의 부드러운 표정으로 돌아온 쿠레하 선배. 그런 연인을 보며 나도 안도했다.

다행이다. 마음이 조금이라도 전해졌다면 그것만으로도 만족한다.

만족하느라 긴장이 풀어져서 선배에게 빈틈을 보이고 말았다는 건 전혀 깨닫지 못했다.

"그런데 타카시 군. 뭐 하나 물어봐도 돼?"

"뭐, 뭔데요……?"

"아까 설레발쳤다고 했는데, 대체 무슨 설레발을 쳤을까 궁금해져서."

"……윽."

선배는 그냥 넘어가지 않았다. 비관하면서도 제대로 놀릴 주제를 찾고 있었다.

이길 수 없다. 정말, 이 선배에게는 이길 수가 없다. 완전히 평소 상태로 돌아온 선배의 히죽거리는 웃음에는 정말 이길 수가 없다. 오늘은 특히 이길 기미가 보이지 않았다.

평소와 다르게 오늘은 특별한 날. 나의 스무 살 생일이자 동거 제안까지 들어온 날.

평소보다 더 가슴이 떨렸다. 이럴 땐 어김없이 좋지 않은 일이 일어난다.

"죄송해요. 그건 절대 말할 수 없어요."

"그런 말을 들으면 엄청나게 궁금해지는데~."

"아, 안 되는 건 안 되는 거예요. 선배도 비밀이 하나둘쯤은 있잖아요?"

"타카시 군이 알고 싶다고 하면 얼마든지 알려줄 수 있는데~?"

"그건……!!"

"아핫. 얼굴 새빨개졌다. 역시 타카시 군은 귀여워."

이것 봐. 예상대로잖아. 조금이라도 반격하려고 하면 엄청나게 달콤한 목소리로 항복하게 만든다.

귀여워. 그렇게 말하며 검지로 턱선을 쓰다듬었다. 마시다 만 술 캔을 한 손에 들고 귀여워한다.

그게 참을 수 없이 행복해서 정말 곤란했다. 선배를 좋아하는 마음이 더욱 깊어졌다. 실은, 선배가 날 더 좋아해 줬으면 하는데……

"어쨌든, 가족분들한테 한 번 더 확인받으세요! 그것부터 시작이에요!"

"그럼 지금 물어볼게~."

"네. 그러는 게 좋겠어요."

어차피 부모님께 혼나고 끝나겠지. 내가 그렇게 예상하는 사이, 쿠레하 선배가 가족에게 전화를 걸었다.

조금 전까지 슬픔에 차 있던 선배의 모습은 보이지 않았다. 그리고 장난스러운 얼굴도 아니었다. 무척이나 진지한, 한 명의 매력적인 여성, 오타니 쿠레하가 내 옆에 있을 뿐이었다.

"아, 여보세요. 엄마? 저번에 말했던 동거 이야기 말인데, 지금 전화 괜찮아? 응. 맞아. 전에 말했던 남자친구랑."

선배가 전화를 건 상대는 어머니. 선배의 어머니다운 느긋한 목소리가 핸드폰 너머로 들려왔다. 뭐라고 말하는지는 들리지 않았지만 선배의 표정을 보면 좋은 말이겠지.

선배와 어머니의 사이가 좋아 보여 마음이 따뜻해졌다.

그건 그렇다 치고, 전에 동거 이야기를 한 게 사실인 듯해서 가족 관계가 걱정되었다.

"……응?"

선배가 전화하는 모습을 보며 혼자 생각에 빠져 있는데 쿠레하 선배가 내게 달콤한 시선을 보내며 소매를 가볍게 잡아당겼다.

전, 화.

술에 젖은 입술이 크게 열려 내게 그렇게 전했다. 열리고, 닫혔다가 다시 열렸다. 다시 열렸을 때 작게 '쪽' 하는 소리가 들린 것도 같았는데 착각이겠지.

선배의 입술이 너무 예뻐서 생긴 내 희망 섞인 착각일 것이다.

오늘의 나는 조금 욕망에 젖어 있었다.

연인과 보내는 생일에 들뜬 자신을 자각하며 나는 고개를 크게 가로저었다.

"알았어. 잠깐만~. ……타카시 군, 엄마가 끊기 전에 할 말이 있대."

선배가 통화 중인 스마트폰을 내밀었다. 화면에는 '엄마'라는 글자가 떠 있었다.

"여보세요, 전화 바꿨습니다. 스즈키 타카시입니다. 쿠레하 씨와는 1년 정도 전부터 교제하고 있습니다."

조심스럽게 귀를 대고 인사했다. 실례가 되지 않도록. 조금이라도 선배의 연인으로 어울려 보이도록.

[어머나. 의외로 어른스럽네. 나는 또 좀 더…….]

"좀 더……? 좀 더 어떻게 생각하셨나요?"

[아니, 아무것도 아니야. 새삼스럽게 말할 건 아니었어.]

"그렇, 군요."

어머니의 목소리에서 느껴진 첫인상은 따뜻함이었다. 쿠레하 선배를 떠올리게 하는 느긋한 말투. 하지만 그뿐만 아니라 어머니라는 면모가 드러나는, 그런 이미지였다.

그리고 그건 본론으로 들어가고 나서도 마찬가지였다.

[아, 맞아. 동거 이야기 말인데. 쿠레하가 원한다면 뭐든 괜찮아.]

"그렇게 쉽게……."

[이래 봬도 나도 나름대로 생각해 보고 내린 결론이야. 어른이 되었다고 해도 내게 귀여운 딸인 건 변함없으니까.]

침묵. 아무 말도 할 수 없었다. 아니, 말해선 안 될 듯한 기분이었다. 내게는, 그 진심에 대꾸할 말이 아직 없었으니까. 그 정도로, 느긋한 말투 속에서 쿠레하 선배를 소중히 여기는 마음이 전해졌다.

[하지만 딸이 그쪽…… 타카시 씨의 집이 좋다면 나는 기쁘게 보내줄 거야.]

"가, 감사합니다……!"

[후후. 천만에.]

감사를 전할 수밖에 없었다. 쿠레하 선배와 나의 관계를 인정해 준 어머니의 결단에 감사하지 않을 수가 없었다.

[아, 그래도 조심은 하는 게 좋아.]

"조심……? 어떤 걸……."

[쿠레하에게 무슨 일이 생기기라도 하면 우리 남편이 어떻게 될지……. 건실해 보이니까, 이 정도로 말하면 무슨 뜻인지는 알겠지?]

"아, 네……."

나도 모르게 침을 꿀꺽 삼켰다. 쿠레하 선배의 아버지. 선배도 몇 번이나 엄하다며 불만을 터트리던 상대.

실수해서는 안 된다. 나는 곧장 깨달았다. 지금, 따끔한

충고를 받았다는 것을.

[참고로 나는 대환영이야~.]

어머니에게 직접 인정하는 말을 들었지만 그게 귀에 들어오지 않을 정도로 엄청난 충고를.

[그럼 쿠레하를 잘 부탁해~.]

변함없이 느긋한 말투를 마지막으로 통화가 뚝 끊겼다.

"엄마가 뭐래?"

"어어…… 딸을 잘 부탁한다고……."

"역시 우리 엄마야. 이야기가 빨라서 좋다니까~."

스마트폰을 건네자 불안한 얼굴로 결과를 물어본 선배. 자세히 보니 내 셔츠 소매를 꼭 잡아당기고 있었다.

아무리 가족에게 미리 이야기했더라도 그게 결과로 이어지리라고는 확신할 수 없다. 그런 불확실한 요소가 선배의 표정을 불안하게 만들었나 보다.

물론 결과를 전하자 곧바로 밝은 표정으로 급변했지만.

급변이라고 해야 하나, 정확히 말하자면 본래의 평소 표정으로 돌아갔다. 선배는 항상 이렇게 밝았으면 좋겠다.

"좋아해요, 선배."

"나는 사랑해."

"저도, 선배를 사랑해요."

"정말로?"

"정말이에요."

"후훗. 나도 알아. 정말로 잘 알아."

"으윽."

오늘은, 달콤한 생일을 기대한 나의 스무 살 기념일. 그런 날에 나는 부모님께 동거 허락을 받았다. 술도 마시지 못하는 내게는 너무나도 급작스러운 서프라이즈로……

"이렇게 됐으니까 내일부터 동거 잘 부탁해~."

"이렇게 뭐가 됐는데요?! 아무리 그래도 내일부터는 너무 빨라요! 그보다 짐은 어떻게 할 건데요? 하루 이틀 만에 준비할 수 있는 게 아닌 것 같은데요."

"그건 문제없어! 오늘을 위해 이것저것 준비해 놨거든!"

"문제 엄청 많은데요?! 그보다 제가 거절했으면 어쩔 생각이었는데요?!!"

"그땐 술을 먹여서라도 결혼 승낙을 받아 놓으면 되지!"

"아무리 제가 오늘부터 음주가 합법이라고 해도 그건 너무 비겁하잖아요!"

"그래도, 너랑 좀 더 같이 있고 싶은걸."

"으윽……."

귀여운 얼굴과 거기에 어울리지 않는 섹시한 포즈로 내게 호소하는 쿠레하 선배. 그런 연인을 보고 동요를 숨길 수가 있겠는가.

히죽히죽 웃는가 싶더니 자신만만한 우쭐거리는 표정. 그리고 영악한 얼굴로 바뀌더니 목 부분이 느슨한 티셔츠 차림으로 상체를 기울인다. 결정타로 볼을 조금 부풀리고는 '같이 있고 싶어'라는 러브콜.

이런 거친 공격을 해 오는 연인에게 동요하지 않을 수 있을까. 두근거리지 않을 수 있을까. 나는 불가능하다.

바로 조금 전까지 그녀의 의기소침한 모습을 보고 난 참이었기에 더더욱……

"에헤헤, 부끄러워하는 타카시 군 귀여워~."

"선배가 놀리니까 그러잖아요……"

쿠레하 선배를 향한 마음이 표정에 드러나서 그녀에게 들키고 말았다. 아니, 표정에 드러나지 않아도 내 마음은 이미 선배에게 들켰다.

들켰기 때문에 선배는 나를 더욱 놀린다. 한 살 연상인 나의 여자친구, 오타니 쿠레하는 그런 곤란한 인물이다.

그런 선배가, 너무 좋아서 어쩌지 못하겠다.

"내 말은 전부 진심인걸~?"

"결혼 승낙을 받겠다는 것도요?"

"진심."

"술을 먹이겠단 것도……"

"당연히 진심."

"……"

"결혼도, 너하고라면 진심이야. 걱정하지 마."

"벌써 결혼을 생각하고 있는 선배가 오히려 더 걱정되는데요……."

내가 질문하지 않아도 무엇을 묻고 싶은지 알고 있다는 듯, 그녀는 질문에 가볍게 대답했다.

그뿐만 아니라 마지막엔 물어볼지 고민하는 사이에 대답받았다. 게다가 선배의 눈은 정말 진심이었다. 아무리 생각해도 너무 성급하다.

"그럼, 하기 싫어?"

다시 물기 어린 눈으로 내게 묻는 쿠레하 선배. 나는 이런 눈에 대단히 약하다.

아…… 이제…… 본심이 나올 것 같아…….

"하고 싶으니까…… 곤란한 거잖아요……."

스스로도 성급하단 생각은 들지만 역시 마음은 솔직했다. 나 또한 쿠레하 선배와 동고동락하는 꿈을 그려본 적이 있었다.

취직은커녕 학교를 졸업할 때까지도 쿠레하 선배의 마음이 바뀌지 않으리라고 단정 지을 수 없는데, 꿈꾸는 건 '생각만 너무 앞서 나갔잖아' 싶어서 일종의 자기혐오에 가까운 상태에 빠지고 만다.

그만큼의 마음이 있기에, 쿠레하 선배의 진심이 담긴 눈에 동요할 수밖에 없었다.

물론 쿠레하 선배가 얼마나 진심인지, 미숙한 나는 아직 파악할 수 없지만.

"그렇게 나 때문에 고민하는 너니까 결혼하고 싶어지는 거야~."

"그래서, 결혼의 전 단계로 동거하는 건가요?"

"정답!"

"몇 번이나 말하지만 너무 급작스럽다니까요……!"

확확 바뀌는 표정. 그사이에 내 손에서 캔을 빼앗아 꿀꺽꿀꺽 마시는 적발의 미녀.

술에 젖은 그녀의 입술은 평소보다 더욱 요염한데, 대화 내용은 요염함이라곤 한 톨만큼도 느껴지지 않게 엉뚱하다.

"나는 꽤 오랫동안 생각했던 일인데, 역시 미리 상담하는 편이 좋았을까?"

"한마디쯤은 해 줘야 마음의 준비를 하죠. 하루 이틀 만에 '자, 동거하자!'라는 건 너무 갑작스러우니까……."

동거 이야기는 선배 나름대로 준비한 생일 서프라이즈였겠지만, 서프라이즈의 규모를 넘어섰다.

물론 기쁘지 않은 건 아니다. 선배와 결혼하는 꿈을 꾸던 나였으니 마음을 숨길 생각도 없고, 선배 앞에서 숨길 수 있을 것 같지도 않다.

다만, 남자 대학생으로서 그녀를 받아들이기에 앞서 문제점이 하나 있었다.

"아까도 말했지만 딱히 선배와 동거하기 싫은 게 아니에
요. 단지, 그게…… 여러모로 정리할 게 있어서……."

"괜찮아~. 내가 도와줄게~."

"도와주면 곤란해서 그러는 건데요……."

"그래? 대체 뭐가 있길래?"

말을 흐리는 나를 보며 잠시 고민하는 쿠레하 선배.

웬만하면 알아채지 못하기를 바란 것도 잠시.

"앗……!"

아무래도 깨달은 모양이었다.

아니, 아직이야. 선배가 정답을 말하기 전까지는 '실은 하
나도 모르겠어!'라며 넘어갈 가능성도 있다. 그래. 분명 그
러겠지!! 제발 그래 줘!!

"괜찮아! 나는 타카시 군이 어떤 변태적인 책을 본다고 해
도 실망하지 않으니까!"

간절히 바라던 나의 마음은 쿠레하 선배가 활짝 웃으며
내뱉은 말로 인해 완전히 부서지고 말았다.

그것뿐만 아니라, 설마 야한 책의 위치까지 들킬 줄은 상
상도 하지 못했다…….

"가슴 특집? 통과. 태닝 전집? 탈락. 허벅지 천국? 이건
괜찮으려나."

현재, 선배에 의한 야한 책 체크 시간이 한창 진행되는 중이다. 그 모습을 조용히 지켜보기만 해야 하는 이 상황이 얼마나 비참한가.

이런 일이 생기지 않도록 책을 꼭꼭 숨겨 놨다. 그래, 아주 꼭꼭…….

놀리는 걸 좋아하는 선배에게 이 책을 들킨다면 위험하다고 판단한 나는 꼼꼼히 체크해 가며 그녀가 방에 찾아오는 오늘을 위해 책을 숨길 장소를 준비해 뒀다.

그게 어디냐면, 침대 뒤의 빈 공간이다.

물론 거기에 넣어두기만 하면 바로 들키리라 생각하여 그곳에 빈 공간이 없는 것처럼 위장 벽을 세웠다. 얼핏 보면 침대 뒤에 공간이 있다고는 상상도 못 할 정도로 정교한 벽이었다. 건축학을 전공하는 친구에게 도움을 받았기에 퀄리티는 확실했다.

게다가 보통 물건을 숨겨 두는 침대 아래에는 이제 안 쓰는 케이블을 모아 둔 상자를 넣었고, 책장의 참고서 칸 뒤에는 참고서를 더 끼워 넣어 페이크를 설치하는 등, 철저하게 쿠레하 선배가 침대 뒤의 위장 벽을 의식하지 않도록 배치했다.

……설마 그것들엔 눈길도 주지 않고 침대 뒤의 위장 벽부터 손댈 줄이야.

"정말이지. 굳이 숨길 필요 없잖아. 괜히 함정을 설치해

두니까 찾고 싶어지잖아."

그렇게 말하며 쿠레하 선배는 위장 벽 뒤에 숨겨져 있던 나의 비고에서 꺼낸 야한 책을 정리했다.

선배의 왼쪽에는 선배가 긍정적인 반응을 보인 것. 오른쪽에는 반대로 탐탁지 않은 반응을 보인 것.

"적발 히로인과 므훗? 괜찮겠지. 청발 히로인? 이건 안 돼. 절대 안 돼."

야한 책의 제목을 차례차례 읽고는 왼쪽, 오른쪽으로 분류해 나가는 쿠레하 선배. 나는 그 모습을 정좌한 채로 지켜봤다.

그럴 자격밖에 주어지지 않았다. 쿠레하 선배라는 붉은 머리의 섹시 미녀를 연인으로 두고도 안이하게 야한 책으로 만족해 버리는 나에게는.

"……흠. 이 정도인가? 타카시 군. 나 봐봐."

야한 책 분류를 끝마쳤는지 쿠레하 선배가 내 이름을 불렀다. 그 목소리에 부응하듯이 천천히 나는 고개를 들어 선배의 안색을 살폈다.

"……왜 웃고 있어요?"

눈앞에는 예상 밖에도 만족스러운 표정의 쿠레하 선배가 있었다. 분명 화를 내리라 생각했기에, 그녀의 표정을 본 나는 미약한 공포를 느꼈다.

하지만 앞에 있는 건 틀림없이 평소의 쿠레하 선배였다.

"타카시 군도 참. 그렇게 나랑 엉큼한 짓을 하고 싶었어~?"

이렇게 느닷없는 말을 꺼내는 게 평소의 쿠레하 선배가 아니라면 누구겠는가.

"어어…… 그게 무슨 말이죠?"

"가슴이니, 허벅지라느니. 네가 맨날 훔쳐보는 데잖아."

"……그게 무슨 말이죠?!!"

정말로 선배가 무슨 말을 하는지 알 수가 없었다. 내가 선배의 가슴이나 허벅지를 바라보는 것과 야한 책이 그녀가 말하는 '엉큼한 짓'과 관련이 있다는 걸까.

확실히 선배의 매력적인 흉부나, 탄력 있는 허벅지로 시선이 가는 건 부정할 수 없지만, 그것과 이건 다른 이야기지 않나.

평소처럼 생뚱맞은 선배에게 내심 휘둘리고 있자, 선배는 또 이상한 이야기를 하기 시작했다.

"그러니까~, 이 책을 나로 여기면서 스스로 위로했었던 거잖아?"

"노 코멘트 하겠습니다."

"묵비권은 없으니까 제대로 대답해 줘~."

아무래도 도망칠 방법은 없는 모양이다. 선배가 있는데도 야한 책으로 만족하던 나를 향한 보복일까.

그래도 야한 책을 참고 선배에게 직접 어필할 수 있었을지를 생각해 보면, 그건 어렵다.

분명 놀림당하고 휘둘리다 끝나겠지.

왜냐하면 사귄 지 1년이 지났는데도 아직 키스 직전까지밖에 진도를 못 나갔으니까. 좋은 분위기가 되어도 선배는 '아직은 안 돼♡'라며 입술과 입술 사이를 검지로 막아 순정을 놀리곤 했다.

그런 선배에게 '야한 책으론 못 참겠으니까 야한 짓 해 주세요!!'라고 말할 수도 없다.

당연히 야한 책에 선배를 대입하여 혼자 쓸쓸히 했다고 보고할 수 있을 리도 없다.

"참고로, 제대로 대답해 주면 조만간 책에 있는 내용대로 해 줄 수도 있는데? 물론 버리진 않을 테니까 안심해."

"했습니다. 거의 매일 혼자서 제 걸 위로했어요."

"그렇게 당당한 네 모습도 좋아해."

"감사합니다."

선배가 직접 야한 짓을 해준다면 이야기는 달라진다.

성욕 앞에서 나는 굴복하고 말았다.

그래. 생리현상이니까 어쩔 수 없잖아. 나도 건장한 대학생이라고. 야한 책에 신세를 지는 게 이상한 일은 아니잖아. 거기에 연인에게 허락까지 받았다면 더욱.

"그럼, 이쪽에 모아둔 거 말이야."

"아, 네."

방금까지 했던 이야기는 선배가 왼쪽에 놓은 책 이야기.

그리고 지금, 쿠레하 선배가 가리키는 것은 오른쪽에 둔, 선배가 탐탁지 않은 반응을 보였던 책들.

하지만 지금처럼 기분 좋아 보이는 선배라면 분명 탐탁지 않은 책도 허락해 주겠지. 나는 그렇게 확신했다. 왜냐하면, 지금 눈앞에 있는 선배는 평상시보다 더욱 밝게 웃고 있으니까.

"지금 가스레인지에 태워 버려."

"……지금, 뭐라고요?"

"못 들었어? 나를 대입할 요소가 없는 책은 지금 싹 다 불태워 버리라고 했어."

"혹시, 지금 화나셨나요……?"

여전히 싱긋 웃는 쿠레하 선배. 그 반응이 모든것을 말하고 있어서, 지금까지 느껴본 적 없는 공포가 느껴졌다.

"네. 분부대로 하겠습니다."

오늘은 내 생일. 그리고 야한 책 보유 수가 반으로 줄어든 날이기도 하다…….

"자, 대충 청소도 끝났고, 다시 생일 축하해."

"아, 아하하…… 감사합니다…….."

가스레인지에 불타 흩날린 책의 잔해를 모아 청소한 쿠레하 선배와 나는 지친 얼굴로 거실의 방석을 깔고 앉았다.

선배는 가스레인지에서도 책을 쉽게 불태울 수 있으리라고만 생각했지, 설마 가스레인지의 화구에서 나오는 바람 때문에 흩날릴 줄은 생각하지 못한 듯했다. 선배가 당황하여 부산 떠는 모습이 조금 귀여워서 나도 모르게 웃음이 터질 뻔했다.

그래도 야한 책을 내 손으로 불태운 충격은 상당해서 회복하기에는 시간이 필요할 듯했다. 지금은 포기한 심정으로, 선배의 생일 축하에도 씁쓸한 웃음으로 대답할 수밖에 없었다.

무거운 분위기 속, 그런 나를 보고도 선배는 평소처럼 아무렇지 않은 목소리로 말했다.

"괜찮아, 괜찮아. 나도 그렇게 냉혈한은 아니니까. 다음에 사과의 의미로 선물을 준비할게."

"사과라니, 예를 들면 어떤……?"

"음. 내 야한 셀카 모음이라거나?"

"설마했던 수제작을."

"제대로 인쇄소에 의뢰해서 제본해서 줄게."

"그렇게까지는 안 해도 괜찮은데요?!"

여전히 선배의 생각을 전혀 읽을 수가 없었지만, 적어도 '선배를 연상할 수 없는 책을 두면 안 된다'라는 사실은 확실히 알게 되었다.

선배의 불안은 이해한다. 나도 선배가 나 말고 다른 남자를 떠올리며 위안하는 건 싫다. 오늘 태워진 야한 책들은 선배의 불안 해소를 위해 희생되었다고 생각하면 편하다.

태닝이나 청발 여성에 몰두하지 않아도 선배 요소를 보급하면 문제없다.

그래. 선배가 놀리지 않고 스킨십을 해 준다면 아무 문제도 없다.

선배의 불안은 해소됐지만, 그와 동시에 '과연 선배는 정말 나를 좋아하는 걸까'라며, 이번엔 내가 불안해지기 시작했다.

좋아하지 않는 상대에게 동거를 제안하는 가벼운 여성이 아니라는 것을 알고 있지만, 아직도 키스 직전까지밖에 가지 못했다는 것을 생각하면 '선배의 마음은 Love가 아니라 Like인 게 아닐까?'라는 불안을 숨길 수가 없었다.

그건 그렇다 치고, 인쇄소에 의뢰하는 건 조금 마음에 걸린다. 인쇄소에서 제본한다는 건, 적어도 인쇄소 직원은 선배의 사진을 본다는 뜻 아닌가.

선배의, 야한 사진을.

그것만큼은 막고 싶다. 쿠레하 선배의 야한 셀카는 단 한 장이라도 남에게 보여 주고 싶지 않다. 선배의 조금 과격한 부분은 나만 알면 된다.

아직은 내 입으로 본인에게 말할 순 없지만……

"어쨌든, 타카시 군도 술 마셔 볼래? 초보라도 마실 수 있는 걸 사 왔거든."

"앗, 네! 잘 부탁드리겠습니다!!"

이런저런 생각에 빠져 있었는데, 정신을 차려보니 나는 유리잔을 받으며 힘차게 대답까지 해 버렸다.

내 나쁜 버릇이다. 흐름을 끊지 못하고 내가 하고 싶은 말이나 전하고 싶은 마음을 어물쩍 넘겨 버리고 만다.

전부 어물쩍했다. 선배가 정말 나를 좋아하는지 확인하지 못하고, 키스하고 싶다는 말도 하지 못하고, 그다음 일도 당연히……

모처럼 생일인데도 내가 조금 한심하게 느껴졌다. 태어나서 처음으로 연인과 함께하는 생일인데, 기분이 점점 가라앉기만 했다.

그런 상태에서 빠져나오기 위해 나는 선배가 권한 술을 망설임 없이 마시기로 했다. 조금이라도 기분을 끌어올리기 위해.

"우선 칼피코 사와. 도수도 낮고 달콤해서 마시기 쉬우니까 첫 술로 추천해."

"칼피코 소다 같은 느낌이네요!"

"그렇지. 그 소다를 알코올로 바꾸기만 한 거니까."

입안에 퍼지는 달콤한 산미. 그 후에 퍼지는 어렴풋한 위화감. 분명 이 끝맛이 술, 알코올의 맛이겠지.

생각보다 별거 아니었다. 오히려 기분이 들뜨기 시작했

다. 가라앉던 기분이 가벼워지는 느낌이었다.

이 흐름을 타고, 나는 다음 술을 들고 선배의 소개를 들은 후 단숨에 들이켰다.

"이어서, 초마 브랜드의 매실주. 정석 중의 정석이니까 맛 봐 둬서 손해 볼 건 없을 거야."

"자판기에서 파는 매실 주스 같아서 꽤 괜찮네요!"

"그야 같은 매실이니까."

코를 직접 찌르는 매실의 강렬한 향기와 함께 달콤한 맛 이 혀를 감쌌다. 칼피코 사와를 마셨을 때의 위화감은 느껴 지지 않았고, 매실 자체의 맛을 즐기는 기분이었다.

하지만 역시 내가 마시는 건 음료가 아닌 술. 목 안쪽에서 얼얼한 감각이 퍼졌다.

그러나 내가 지금 느끼고 싶은 '들뜬 기분'까지는 아직 멀 었다. 결국 나는 준비된 마지막 술에도 주저하지 않고 손을 내밀었는데…….

"마지막은 이거. 역시 한번은 마셔 봐야지. 아사히의 하 이퍼드라이!"

"써요! 그래도 향이 은은한 게, 좀 취향인 것 같아요……!!"

"반응 좋은데!! 이건 조만간 밖에서도 마시게 될지도 모르 겠네!!"

선배가 기뻐하는 반응과는 달리, 나는 혼자만의 희열에 가득 찼다. 머리가 둥실거리는 감각. 그러면서도 흥분되는 마음.

　내가 바라던 '들뜬 기분'에 도달했다는 사실을 마음속으로 기뻐했다.

　그런 혼자만의 기쁨도 잠시, 시야가 급격히 어그러졌다.

　"어라…… 선배, 마술이라도 배우셨나요? 무지하게 일렁거리는데요."

　"어머. 역시 취했나 보네."

　"저 안 취했으어요!!"

　"안 취했다고 강조하는 사람은 대부분 만취한 상태야. 잠깐만 기다려. 물 가져올게."

　그렇게 말하며 내 옆에서 멀어지려 하는 쿠레하 선배. 나는 무의식적으로 선배의 셔츠 자락을 붙잡았다.

　"어, 타카시 군……?"

　"선배는…… 저를, 정말 좋아하시나요……?"

　조금 전까지 들떠 있던 입에서 약한 소리가 튀어 나왔다. 머리는 둥둥 뜨는데 마음은 반대로 무거웠다.

　"당연히 좋아하지."

　"정말이죠……? 실은 몰래카메라라고 할 건 아니죠……?"

　"안 그래. 확실히 너만 좋아해. 정말로 널 사랑하고 있어."

　"그럼…… 키스해 주세요……."

　나약한 모습을 관두고 싶은데, 그런 나의 의사와는 반대로 마음속으로만 생각하던 말이 입 밖으로 새어 나왔다. 억

눌렀던 족쇄가 눈에서 흘러내리고, 넘치는 불안이 선배의 귀에 들어갔다.

쿠레하 선배는 그런 나를 그저 가만히, 진지한 눈으로 바라봤다.

조금 전까지 싱글거리던 표정을 싹 지운 진지한 선배가, 술로 젖은 입술을 작게 열어 나지막이 질문했다.

"……하고 싶어?"

"저는 좋아하는 쿠레하 선배와 키스하고 싶어요……. 선배는 안 그런가요?"

또다시 본심이 흘러나왔다. 불안이 흘러나왔다.

선배와 좀 더 친밀해지고 싶은 마음이 부풀어 올랐다. 그래서 바라는 게 고작 키스라는 게 스스로도 조금 한심하긴 하지만…….

하지만 무책임한 일을 벌일 순 없다. 스물이 되었다고 해도 모든 행위에 책임을 지기엔 이르니까…….

[쿠레하에게 무슨 일이 생기기라도 하면 우리 남편이 어떻게 될지…….]

선배 어머니의 목소리를 되새겼다. 직후에 어머니에게서 승낙은 받았지만, 그 무슨 일이란 게 두려워서 더 나아갈 수 없었다.

선배의 아버지가 엄하단 것은 선배가 몇 번이나 말한 적 있으니까.

하지만, 그래도…… 키스 정도는 이제, 괜찮지 않나……?

기다렸다. 선배의 대답을 기다렸다. 촉촉한 입술로 어떤 대답을 들려 줄지를 기다리며. 그 입술이 와닿는 것을 기대하며. 하지만 이런 상황일수록 선배는 심술궂다.

"물론 하고 싶지. 하지만 지금은 아니야."

"그건 사실 저를 좋아하지 않기 때문인가요……?"

"그게 아니라. 단지, 술취한 김에 소중한 걸 주고 싶지는 않은걸."

선배는 내 옆에 똑바로 앉아 자신의 가방에서 마시다 만 차를 꺼내더니 그대로 내 입에 가져다 댔다.

갑작스럽게 입안으로 흘러들어온 차는 평소보다 몇 배나 진하고 썼다. 선배 취향의 달콤한 차와 같은 것이라고는 상상할 수 없을 정도로…….

"그러니까, 키스는 아침까지 기다려. 그때까진 계속 옆에 있어 줄 테니까. 알았지?"

"……네."

술기운에 끝내 패배한 나는 그대로 가라앉듯이 눈을 감고 그대로 생일을 떠나보냈다. 망상했던 생일과는 무척이나 다른, 씁쓸한 맛을 곱씹으며…….

"으으…… 머리 아파……."

커튼 틈새로 쏟아져 들어오는 눈부신 햇빛에, 깊은 바닥으로 가라앉았던 의식이 눈을 떴다.

상쾌한 아침 햇살과는 정반대로 내 머리에선 지끈거리는 둔한 통증이 느껴졌다. 평소 두통과는 또 다른, 반성을 불러오는 통증. 아무래도 내게 술은 아직 일렀던 모양이다.

"나, 언제 잠든 거지……. 침대에 누운 기억도 없는데……."

머리를 벅벅 긁어 두통을 가시게 하며 어제 있었던 일을 떠올리려 했는데, 술을 마셨을 때의 기억이 없었다.

선배를 향한 불안한 마음을 해소하려고 선배가 추천한 술을 냉큼 받아 마신 건 기억나지만, 그 후에 어떤 대화를 했는지, 어떤 마음이었는지, 전혀 떠오르지 않았다.

"그보다 왠지 포근한 냄새가 나는데…… 주방에서 나는 건가……?"

희미하게 방 안에 퍼져 나가는 냄새의 근원으로 시선을 돌리자, 그곳에는 어제완 다르게 멀쩡한 모습의 쿠레하 선배가 서 있었다.

어제와 같은 얇은 티셔츠 차림인데, 주방에 서 있다는 사실만으로도 전혀 다른 사람처럼 보였다.

"선배…… 뭐 하고 계신 거예요……?"

"응? 뭐 하냐니, 그야 아침 만들고 있지~. 특히 술 마신 다음 날 아침의 된장국은 각별하거든."

"그게 아니라, 집에는요……?"

"처음으로 술 마시고 만취한 남자애를 두고 돌아갈 순 없잖아."

"그건…… 맞는 소리지만……."

"타카시 군도 내가 헤롱헤롱 정신을 못 차리면 옆에서 보살펴 줄 거잖아?"

"당연하죠. 어떻게 두고 가겠어요!"

"그거랑 마찬가지야."

"아…….."

평소엔 칠칠치 못한 선배도 역시 중요할 땐 착실한 어른이라서 두근거렸다. 게다가 등을 돌린 채로 고개만 돌려 나를 바라보는 모습이라 더욱.

시야를 아래로 내리면 탄력 있는 허벅지를 드러내는 핫팬츠. 옅은 파란색 데님 원단을 두른 연인의 엉덩이에도 또 두근거리고 만다.

"그리고 약속했으니까."

"약속……?"

"아냐. 혼잣말이었어."

다시 뒤돌아보며 어른스러운 표정을 보여 주는 선배. 진홍색 머리카락 틈 사이로 언뜻 보이는 단정한 귀가 두근거림을 가속했다.

하지만 그렇게 길게 두근거림을 놔둘 정도로 선배와의 일상은 쉽지 않다.

"일단, 좀 씻고 오는 게 어때? 머리에 까치집이 엄청나."

"앗······!"

선배의 말을 듣고 서둘러 손으로 머리를 가렸지만 이미 늦었다. 손으로 만지기만 해도 알 정도의 폭발한 듯한 스타일. 내가 선배의 태도에 두근거리는 동안 선배는 내 폭발 머리를 보고 쿡쿡 웃었을까.

그리 생각하니 얼굴에 열이 오르는 것을 참을 수 없었다.

"뭐야. 안 숨겨도 되는데. 동거하면 숨길 수도 없잖아."

"지금은 아직 동거하는 거 아니잖아요."

"그럼 타카시 군의 귀여운 면모를 먼저 알게 된 거네. 와아, 이득 봤다."

"까치집이 귀엽다니, 선배가 귀엽다고 하는 기준을 모르겠는데요."

"까치집이 귀여운 게 아니라, 네가 당황하는 모습이 귀여운 거야~."

내 마음은 전혀 모른 채로 평소처럼 놀리는 쿠레하 선배.

어제 선배가 말한 '동거' 이야기가 사라지지 않았단 점에 조금 안심하면서, 나도 평소처럼 선배의 놀림에 대항했다.

하지만 역시 내가 선배의 놀림에 이길 수는 없었다.

"······머리, 빠르게 정리하고 올게요."

"천천히 해도 돼~."

"초고속으로 정리하고 올게요!!!"

결국 세면대로 달려가야만 했다.

선배의 느긋한 목소리를 뒤로하고, 깨닫고 보니 나는 평소처럼 헤실헤실 웃고 있었다.

이러니까 선배의 놀림이 멈추지 않는다는 것을 알면서도.

거울 앞에는 흑발의 남대생. 머릿속에는 적발의 미녀 여대생.

"아무리 생각해도 안 어울려……."

눈앞의 나와, 항상 옆에 있어 주는 연인의 외모 차이에 내 콤플렉스가 도졌다.

이목구비는 멀쩡하고, 이른바 '오징어'라고 불릴 정도는 아니지만, 자꾸만 쿠레하 선배와 비교하게 된다. 나는 선배와 과연 어울리는 사람일까 하고.

선배가 외모만으로 사람을 판단하는 사람이 아니란 것은 알고 있지만, 자꾸만 신경 쓰는 내가 있다.

그건 내가 나약하니까. 선배가 나를 좋아해 주는 현실이 언젠가 부서져 꿈처럼 흩어지는 게 무서우니까.

그러면 애초부터 어울리지 않았다고 생각하는 편이 편하지 않을까.

그런 생각으로 약 1년을 보내고, 어제, 선배의 입에서 '동거'와 '결혼'에 관한 말이 나왔다.

"나도, 제대로…… 해야겠지……."

선배가 진심으로 나를 좋아한다. '결혼'이 진심인지 농담인지는 확실치 않지만 정말로 나를 좋아해 주고 있다. 그런 그녀의 앞에서 내가 언제까지나 부정적인 태도로 있으면 안 된다.

조금씩 나약한 나를, 심약한 나를 강하게 만들어야 한다. 지금부터라도, 그리고 '동거'하게 된 후에도…….

그런 강한 결의를 다지며 머리카락 정돈을 마친 나는 선배가 기다리는 거실로 발걸음을 옮겼다.

방 안에 퍼지는 맛있는 냄새. 그리고 냄새가 구현된 듯한 식욕을 돋우는 요리. 달걀프라이에 소시지, 잘게 썬 양배추에 두부가 든 된장국. 일본의 정석적인 아침 메뉴가 테이블 위에 놓여 있었다.

이것들을 준비해 준 건 다름 아닌 내 연인, 쿠레하 선배. 선배가 오늘 아침 주방에 서 있던 모습을 떠올리며 나는 식사를 시작했다.

"뭔가, 능숙하네요, 선배가 집안일 하는 거."

"그래? 그렇게 보였다면 노력한 보람이 있네."

"집에서 자주 부모님을 도와주셨나요?"

"엄마가 가르쳐 줬어. 내가 이렇게 아침밥을 차릴 줄 알아야 한다면서."

"그, 그렇군요……."

분명 그건 '동거'를 대비한 가르침이었겠지. 그렇게 생각하니 반응하기가 조금 어려웠다.

'동거'가 시작하면 매일 아침뿐만 아니라, 내내 오늘 같은 광경을 볼 수 있다고 생각하니 기쁜 마음을 숨길 수 없었다. 하지만 놀림당할 게 뻔했기에 이 기쁨을 표출하는 것은 참았다.

하지만 그조차도 그녀는 이미 예상했던 사항인지, 내 반응을 보자마자 얼굴을 들여다보고는 히죽 웃으며 물었다.

"설렜어?"

"설레지 않았어요."

"정말 안 설렜어?"

"안 설렜다니까요."

"그럼 나 똑바로 봐 봐~."

"그건 좀, 지금은 어렵네요……."

"역시 설렌 거잖아~."

선배의 거센 공격에 나는 결국 함락당하고 말았다.

아니, 귀여움과 아름다움을 겸비한 쿠레하 선배가 얼굴을 들여다보며 묻는데 설레지 않을 남자가 있을까. 적어도 나는 아니다.

설레지 않았다고 고집을 부렸지만 자연스럽게 표정은 풀어졌고, 얼굴을 보라고 해도 볼 수가 없었다. 분명, 아니, 틀림없이 입꼬리가 더 올라가서 선배에게 엄청나게 놀림당할 것이다. 그렇게 생각하며 고개를 돌렸지만 결국 놀림당하고 말았다.

언제까지고 놀림을 멈추지 않는 쿠레하 선배를 피하기 위해, 나는 다른 방향으로 화제를 돌리기로 했다.

"그, 그런데 아까 말한 약속이란 게 뭔가요……?"

"아, 지금 말 돌렸지? 정말이지—. 안 숨겨도 되는데~."

"윽…….."

"뭐, 그런 타카시 군도 좋아하지만 말이야~."

억지로 화제를 돌리려던 의도를 간파당했을 뿐만 아니라, 결정타로 또 놀림당했다.

나는 분명 앞으로 선배에게 계속 놀림당하겠지. 이상하게도 그게 싫지 않다는 사실을 새삼스레 깨달았다.

그런 내 깨달음을 밀어내는 듯한 진지한 목소리가 선배의 입에서 흘러나왔다.

"보아 하니, 어제 취했을 때 일은 생각이 안 나 보네."

"……죄송해요."

"아냐. 사과 안 해도 돼. 오히려 사과하고 싶은 건 나인걸. 여러모로 참게 만든 것 같아서. 미안해. 놀리느라 여러모로 답답하게 만들어서."

"그건…….."

"어제, 네가 취해서 말해 줬어."

나도 모르게 사과했으나, 선배는 진지한 목소리와 다르게 매우 온화한 표정이었다.

그러나 그것보다 선배가 마지막에 한 말이 신경 쓰였다.

──네가 취해서 말해 줬어.

나는 어제, 대체 뭘 한 걸까. 취해서, 선배에게 무슨 말을 한 걸까. 어디까지, 마음속에 있던 불안을 말해 버린 걸까.

알리고 싶지 않았던 마음을 내가 직접 설명했다는 사실이 부끄러웠으나, 그와 동시에 진지하게 나를 걱정해 주는 선배가 사랑스러웠다.

"아마 앞으로도 너를 놀리는 건 멈추지 않을 테지만, 진심으로 좋아해. 그래서, 계속 참은 거야. 네가 싫어하면 어떡하지. 가볍다고 생각하면 어떡하지, 하고."

"그런 생각을 할 리가……!"

"그렇지. 응. 나도 알고 있었어. 그런 너라서 좋아하는 거니까."

나는 방금까지와는 다른 이유로 쿠레하 선배의 얼굴을 볼 수 없었다.

쑥스러운 게 아니다. 선배가 너무나도 사랑스러워 보여서 더 바라보고 있다간 이성이 날아갈까 봐 얼굴을 볼 수 없었다.

하지만 역시, 중요한 결단을 내려야 할 순간은 언제나처럼 갑작스럽게 찾아오고, 생각할 시간조차 주지 않는다.

"저기, 할까?"

"하다니, 뭐를요……?"

"물론, 키스지."

내 대답이 나오기도 전에 선배는 자리에서 일어나 식탁 너머에 있는 내 얼굴을 양손으로 부드럽게 감쌌다.

"이번에도 직전에 멈추실 건가요?"

"안 그래."

"간접 키스인가요?"

"다이렉트 키스야."

"……코를 맞대는──."

"마우스 투 마우스."

우물쭈물하며 내가 질문하는 사이, 선배는 내 입술을 엄지로 꾹꾹 누르며 장난쳤다.

선배의 얼굴을 흘끔 바라보니, 입술은 윤기가 맴돌고 눈동자는 뜨거웠다. 놀리기 좋아하는 선배 대신, 사랑에 빠진 소녀가 그곳에 있었다.

그런 선배에게, 나는 몇 번째인지 모를 사랑에 빠졌다.

"질문은 그게 끝이야?"

"저, 처음이라서, 그…… 부드럽게 부탁드립니다……."

"후후. 알았어. 처음은 상냥하게 해 줄게."

싱긋 미소 지은 선배의 입술이 빠르게 내 입술에 가까워지더니, 이윽고 상냥하게 와닿았다.

상냥하게 닿기만 한 키스인데도, 그건 지금까지 상상해

왔던 선배와의 이런 짓, 저런 짓보다도 농밀했다. 비록 된장국 향기가 나는 키스였지만.

◇한담◇

"하아~, 드디어 해냈다~!"

타카시 군의 집을 나와, 아무도 없는 곳에서 새빨간 얼굴로 주저앉았다.

지금까지 계속 참아 왔던 키스를, 가벼운 여자로 보이고 싶지 않아서 참아 온 키스를, 스무 살 생일 기념으로 선물했다는 사실을 새삼스레 자각했다.

자각하고, 인식하고, 몸속의 열기를 느끼며, 정말로 타카시 군을 좋아한다는 사실을 몇 번이나 재인식했다.

머릿속으로 사랑하는 그를 떠올릴 때마다 또 키스가 하고 싶어서 참을 수 없었다.

대략 세 번째. 현관을 나선 직후. 그가 사는 아파트 근처 교차로. 그리고 역 상점가의 뒷골목. 거듭해서 확인하고 만다.

내 마음이 끌어낸 대답은 변하지 않는다. 변할 일은 없다.

좋아하니까 어쩔 수 없지.

비록, 술기운으로 키스했다고 해도, 내가 그에게 보내는 마음은 변할 일도, 옅어질 일도 없었다.

아니, 오히려 술이 있었기에 겨우 키스에 도달할 수 있었다.

그렇게 생각하면 술기운을 빌리는 것도 나쁘지 않을지도 모르겠다.

"……응. 계속 생각해 봤자 변하는 건 없으니까 빨리 집으로 가자! 빨리, 동거를 준비해야 하니까!"

기합을 넣으며 옆으로 묶은 머리를 풀었다. 평소 외출 스타일로 돌아가 귀갓길에 올랐다.

"이런 시간에 웬 미인이…… 말 걸어볼까?"

"멍청아! 애인도 없는데 이 시간에 역에 나와 있을 리가 없잖아!"

"그건 그렇지……. 쳇, 애인 부럽네……."

주변의 웅성거림은 관심 없다. 저열한 생각만으로 나를 바라보는 남성에겐 흥미 없다. 전혀 매력적이지 않았다.

내가 좋아하는 건 착실하고, 그러면서도 가끔 귀여운 면이 있는. 그런 남성.

물론 그런 취향을 얻은 건 최근 1년…… 동아리 신참으로 덩그러니 고립되어 있던 착실한 아이를 본 후부터지만.

"아~, 빨리 타카시 군이랑 살고 싶다~."

작게 흘러나오는 소망. 같이 살고, 같이 일어나고, 같이 등교한다. 먼저 귀가한 사람이 저녁을 준비하고 기다린다. 당연히 식사도 함께한다.

식사뿐만 아니다. 밤부터 아침까지, 내내 알콩달콩한 시간을 보낼 수도 있다. 어제 같은 일이, 앞으로는 매일 가능할지도 모른다.

지금 당장은 어렵다. 타카시 군이 그렇게 말했지만, 마음은 점점 가속할 뿐이다.

모레는 괜찮아? 아니면 일주일 후?

안달 나는 마음을 품고 다음 키스를 기대하며, 나는 집으로 향하는 전철에 올랐다.

　　내 생일이 며칠 지난 어느 날. 평소처럼 '오늘도 놀러 갈게!'라는 메시지를 보낸 선배를 맞이하기 위해 방을 청소하며 기다리자 현관 초인종이 울렸다.

　　"타카시 군—, 문 열어 줄 수 있어?"

　　"그거야 당연하지만, 무슨 일이라도 있나요?"

　　"오늘은 타카시 군이 열어 줬으면 좋겠다~ 라는 기분?"

　　"그런 날도 있군요."

　　"있지~."

　　스페어 키를 상비하고 있을 선배의 평소답지 않은 행동에 위화감을 느끼면서도, 나는 아무런 망설임 없이 현관문을 열었다. 밖에서 기다리고 있던 건 평소와 같은 쿠레하 선배와 처음 보는 커다란 짐.

　　"어어, 선배…… 이건……?"

　　"응? 그야 당연히 타카시 군과 동거하기 위한 세트지!"

　　"갑자기 당연하다는 듯한 말투로 말해도……."

　　선배가 가져온 짐은 두 덩어리. 하나는 옷이나 화장품 등, 쿠레하 선배가 사용하는 것. 그리고 다른 하나는 커플 식기와 선배 어머니가 보낸 편지.

　　"……너무 갑작스럽지 않나요?"

"원래 그런 거야. 인생이란 건."

"적어도 날짜는 알려 주셔야죠?! 마음의 준비가 전혀 되지 않았는데요?!!"

"인간에게 예지 능력을 안 주신 신님도 너무하시지."

"선배한테 말하고 있는 건데요?!!"

"내가 뭘 했는데?"

"마음의 준비를 할 시간을 전혀 안 주셨잖아요! 어제도 놀러 왔으면서 오늘 일은 한마디도 안 하고, 키스로 놀리고 가셨잖아요!"

선배는 언제나 마음대로다. 동거 이야기를 꺼내고, 끌어안고 있던 고민을 숨기고 키스를 계속 거절하고, 그러더니 저번엔 아침 식사를 하며 키스해 오고.

오늘도 그랬다. 동거 이야기는 알고 있었지만 그게 언제라는 소리는 듣지 못했다. 물어봐도 '으음, 언제일까~?' 하고 얼버무리기만 했다.

게다가, 내가 화내는 데도 불구하고 선배는 당당하면서도 전혀 신경 안 쓴다는 표정을 지으며 내 이야기를 제대로 듣고 있지 않는 듯했다.

동거 이야기를 꺼낸 날에 지금 탕장은 어렵다며 고집을 부린 나를 향한 보복인가?

아니, 그럴 리는 없다. 선배가 내게 보복한다면 좀 더 자극적으로 나오겠지.

오히려, 내가 안달 내는 반응을 보며 즐기는 게 아닐까 의심하게 된다.

 "그야, 처음으로 너랑 키스했을 때의 반응을 떠올렸더니 나도 모르게 와 버렸네? 그날은 눈 풀린 채로 키스 여운에 잠겨서는 계속 건성으로 대답했잖아."

 싱긋 입꼬리를 올리며 말하는 선배를 보니 그런 생각이 자연스레 들었다.

 저번의 헐렁한 홈웨어 티셔츠 차림과는 다르게, 귀여운 스타일의 딱 붙는 흰 셔츠에 멋진 검은 가죽 재킷을 걸친 선배.

 그 근사한 모습을 자세히 보니, 가슴과 허리 부근이 꼭 껴서 선배가 원래 지닌 섹시함이 강조되어 있었다.

 귀여움, 멋짐, 섹시함, 그리고 평소의 장난스러운 얼굴. 나를 동요시키기엔 충분하고도 넘치는 조합이었다.

 "그야, 그땐 생애 첫 키스였으니까……."

 "그래서, 하고 나서 달아올랐구나?"

 "……안 그랬어요!"

 "안 숨겨도 되는데~. 나는 달아올랐는데~?"

 "……정말로요?"

 "아, 엉큼한 표정 좀 봐~. 이 변태~."

 "아니……!"

 또 놀림당했다. 게다가 정곡을 찌르며 놀리는 바람에 평소보다 더 대미지가 컸다.

아니, 애초에 쿠레하 선배와 키스했는데 달아오르지 않을 수가 있나. 보기만 해도 많은 사람을 매료시키는 몸매에, 자꾸 놀리긴 하지만 얄밉지는 않은 밝은 성격.

그런 연인의 입에서 자신과의 키스 후에 달아올랐다는 이야기가 나오면 음흉한 표정을 지을 수밖에. 그럴 수밖에 없다.

평소엔 빽질빽질한 선배가 어떤 식으로 달아오를까. 어떤 표정을 지으며 달아오를까. 어떤 요염한 목소리를 낼까.

선배에 관해 생각하면 생각할수록 점점 깊은 곳으로 빠져들었다.

"뭐, 농담은 됐고. 오늘까지 말 못 했던 건 용기가 없어서 그랬어."

"용기?"

"그야, 나도 소녀인걸. 막상 동거를 시작했을 때 네게 이상한 모습을 보여서 미움받고 싶진 않았단 말이야."

"그, 그 마음은 이해해요."

내가 달콤한 말에 휘둘리고 있자 갑자기 진지한 표정으로 변한 선배.

순간 선배가 무슨 말을 하는지 이해 못 할 뻔했지만, 역시 선배도 인간이고 여자이기에 선배 나름대로 고민거리가 있었다는 점을 실감했다.

그리고 나 또한 이전의 야한 책 외에도 보이고 싶지 않은 것은 더 있다. 그건 선배도 마찬가지겠지. 물질적인 것 말고도, 약한 부분이나 마음속에 품고 있는 건 꺼내고 싶지 않은 법이다.

  나는 술기운 때문에, 선배는 첫 키스 직전에 조금 새어 나오고 말았지만.

  하지만 마음 깊숙한 곳에 있는 건 비슷하다고 확신했다.

  "그래도 결국 너랑 오래 같이 있고 싶은 마음은 못 이겼어. 내 이상한 모습을 들키는 것보다 네 이상한 모습을 보고 싶은 마음이 이겼거든."

  놀릴 때의 웃음이 아니다. 진심으로 사랑하는 쿠레하 선배의 웃음이 나를 향했다.

  그런 선배의 웃음에 나는 첫 키스 이상으로 들끓는 마음에 휩싸였다.

  아, 선배에겐 역시 이길 수 없구나…….

  그렇게 마음속으로 중얼거리며.

  [제멋대로 구는 딸이지만 오래오래 같이 있어 주세요.]

  선배의 어머니로부터 온 편지에는 이렇게 써 있었다.

  "……책임이 막중한데."

  뭐라고 해야 할까. 어쩐지 '우리 딸과 헤어지면 가만두지 않겠어'라는 말을 들은 듯한 기분이다.

딱히 선배와 헤어질 생각은 해 본 적 없지만, 선배가 내게 질리지 않을지 걱정이다. 쿠레하 선배는 나와 다르게 인기가 많으니까.

선배 어머니의 마음은 이해하지만, 내겐 선배를 붙잡을 자신이 부족하기에 편지 내용을 보고 간단히 고개를 끄덕일 수가 없었다. 내 심정을 알아챘는지 선배는 불만을 툭 내뱉었다.

"정말이지. 엄마가 괜한 말을 썼다니까……."

"그만큼 사랑하신다는 거죠."

"그건 알고 있는데. 그래도 괜히 타카시 군에게 부담이 되면 좀 그렇잖아."

"선배……."

평소에 나를 놀리는 선배가 싫은 건 아니지만, 지금 앞에 있는 어른스러운 분위기의 선배는 역시 이길 수 없다. 싫어진다거나 부담이 느껴지기는커녕, 선배가 내게 질리지 않도록 노력하자는 마음이 든다.

요컨대 쿠레하 선배가 좀 더 좋아졌다는 뜻이다.

몇 번이고 몇 번이고 선배의 동작 하나하나에 가슴이 설레는 나. 내가 그런 사람이기에 선배는 놀림을 멈추지 않는 거겠지.

선배가 놀려도 싫지 않은 건, 그만큼 선배를 좋아한다는 뜻이 아닐까.

"자, 진지한 이야기는 여기까지 하고…… 술 마시자!!"

"……전환이 너무 빠르지 않나요?"

이런저런 생각을 하고 있자니 선배가 손뼉을 힘차게 짝 쳤다.

조금 전까지 어른스러운 분위기를 풍기던 선배는 어디로 간 걸까. 짐들은 거실 구석에 두고, 선배는 3인용 소파에 앉았다. 평소와 같은, 이제는 익숙해진 느슨한 모습이다.

조금 전까지 선배에게 두근거렸던 마음을 돌려줬으면 좋겠다.

그런 생각을 하고 있자, 싱글싱글 웃으며 선배가 내게 물었다.

"음? 좀 더 진지한 분위기로 있고 싶어? 나랑 러브러브 안할 거야?"

선배의 입가를 잘 보니 가죽 재킷에 맞췄는지 요염한 색의 립스틱이 발려 있었다. 그 점을 깨닫자 자연스럽게 첫 키스의 감각이 떠올랐다.

몰캉하고 부드럽고, 입술이 떨어질 땐 조금 촉촉한…….

물론 키스만으로 끝날 정도로 선배를 향한 마음은 가볍지 않아서, 부드러움과 촉촉함 이상의 것을 느끼고 싶어서 선배가 돌아간 후에 혼자 뜨거운 시간을 보냈다.

그리고 지금도, 선배를 느끼고 싶다는 강한 욕망이 일었다. 선배를 바라고 있다.

　그런 감각의 근간에 있는 것이 무엇이냐고 묻는다면, 대답은 단 하나뿐이다.

　"……러브러브 하고 싶어요."

　"변태 타카시 군이라면 그렇게 말할 줄 알았어~."

　"전 변태가 아니──."

　"변태 인정하면 저번 키스를 이어서 해 줄 수도 있는데~."

　"전 변태예요."

　"응. 솔직한 타카시 군이 제일 좋아~."

　선배가 어른스러울 때도, 장난스러울 때도, 변함없이 나는 휘둘릴 뿐이다. 그런데도 그 사실이 편안하게 느껴지니, 이제 구제할 방도가 없다.

　게다가 야한 책 사건이 있지 않았는가. 지금 와서 내숭을 부리기도 어려웠다.

　키스를 이어서 해 준다면 더욱…….

　"으음~? 입술만 빤히 바라보고, 왜 그래~?"

　"……뭐가요?"

　"타카시 군의 뜨거운 시선에 입술이 데었는걸. 눈치챌 수밖에 없지~."

　"제가 봐서 싫으셨나요?!"

　"역시 보고 있었잖아. 변 태."

　"웃……?!!"

분명 나는 이대로 선배에게 놀림당하는 일상을 보내게 되겠지.

아침에도, 낮에도, 밤에도. 그리고 자는 동안에도…….

그게 또 매력적으로 느껴진다. 이미 나는 철저히 선배에게 마음을 지배당한 게 틀림없다. 시선까지, 그리고 순정까지도.

마음이 어지러운 와중에도 선배의 옆에 앉았다. 바라는 것을 아직 받지도 않았는데 심장이 쿵쿵 뛰었다.

"그래서, 타카시 군은 뭐 마실래? 일단 단 것부터 쓴 것까지 다양하게 가져왔는데."

"어어…… 단 거로…….."

"우후후. 달콤한 키스를 원하는구나."

"그런 말은 안 했어요."

은근히 풍겨오는 달달한 향수 냄새에 매료당하면서도, 나는 평정을 유지한 채로 대화를 이어 나갔다.

어른스러운 복장에 온화한 분위기, 그리고 가까워지면 뇌수까지 녹을 듯한 달콤한 향기.

"그럼 달콤한 키스는 싫어?"

"……싫다고는 안 했어요."

"그렇다 치고 넘어가 줄게~."

──결정타로, 선배의 장난스러운 웃음.

내 마음은 이미 눅진하게 녹아 버렸다.

"그럼 나도 달콤한 거로 마실까."

그렇게 말하며 선배는 잠시 소파에서 벗어나 집 안에서 츄하이 캔을 꺼내 돌아왔다.

단지 세 가지 동작이 짧은 시간에 이뤄졌을 뿐인데 잠깐 거리가 생긴 것만으로도 조금 쓸쓸하게 느껴졌다.

아직 술을 마시지 않았는데도 시야가 일렁이고 마음이 일렁였다.

"그럼 동거 기념으로 건배—."

짤그랑 울려 퍼지는 건배 소리. 나는 곧바로 일렁임을 잠재우기 위해 달콤한 술을 입 안에 쭉 쏟아부었다.

어쩌면 내게 선배와의 동거는 섣부른 게 아닐까.

그렇게, 여전히 달아오르는 스스로에게 질문하며.

"좋았어. 알코올도 적당히 들어왔겠다, 바로 타카시 군이 소망하던 달콤~한 키스 할까?"

"버, 벌써 하는 건가요? 아직 마음의 준비가…….."

"으응? 나는 건배했을 때부터 준비됐는데 타카시 군은 준비도 안 한 거야? 섭섭하네—."

"그, 그럴 리가요!! 그저 달콤한 키스라는 게 어떤 건지 상상이 안 돼서, 준비를 어떻게 해야 할지 모른 것뿐이에요!!"

"그러니까 친절하게 내가 가르쳐 줬으면 한다는 소리지?"

"윽…….."

10월 중순의 밤. 선배가 동거 물품을 가지고 우리 집으로 찾아오자마자 짐 정리를 미뤄 두고 파티를 시작했다.

어머니의 편지에 감동하던 선배는 어디로 갔는지, 평소처럼, 아니, 평소보다 더 애교스러운 모습으로 내 마음을 어지럽혔다. 그리고 선배가 가져온 달콤한 술, '농후 복숭아주'가 그것을 더욱 가속시켰다.

요염한 선배 입술에 빨갛게 발린 립스틱은 복숭아주에 녹아 어렴풋한 분홍빛이 되었다. 어른스러운 분위기가 바뀌어 당장이라도 녹아 버릴 듯이 요염하게 반짝였다.

그 입술에서 '달콤~한 키스'라는 단어가 튀어나오니 긴장감이 확 올라갔다. 그렇지 않아도 마음 준비에 시간이 걸리는데, 이대로라면 마음을 진정시키는 일은 불가능했다.

거기에 연타로 '친절하게' 가르쳐 주겠다고 하니, 그냥 선배가 하는 대로 따라가고 싶었다.

"좋아~. 잔뜩 가르쳐 줄게. 앞으로 몇 번이나 하게 될 테니까, 그걸 위해선 성심성의껏 가르쳐 줘야지."

"귀가 간지러운데요……."

"귀가 약하구나. 귀여워라."

"또 그렇게 놀리기나 하고……!"

"그야 네 반응이 전부 귀여워서 좋은걸. 나도 모르게 놀리고 싶어져."

"좋아한다니──!"

두 번째 음주라서 조금이나마 내성이 생겼는지 더 이상 마음이 앞서지는 않았다. 하지만 취한 만큼 몸의 감각이 민감해져서 귀에 숨결이 조금이라도 닿으면 움찔거리며 반응하고 만다.

예민해졌다는 사실을 숨길 노력도 하지 못하고, 또 선배가 바라는 반응을 해 버리는 나.

"뭐야, 뭐야뭐야~? 얼굴이 좀 더 빨개졌는데~? 좋아한다니까 쑥쓰러워?"

히죽이며 명백히 기쁜 얼굴로 나를 추궁하는 쿠레하 선배. 3인용 소파 끝에 앉은 내게 슬금슬금…… 볼륨 있는 신체를 밀어붙이고는 반응을 보며 즐거워했다.

술을 마셔서인지 평소보다 스킨십이 짙었고, 이따금 팔꿈치에 닿는 부드러운 가슴의 감촉. 허벅지에 닿는 선배의 가는 손가락.

선배를 느끼게 하는 모든것들이 얼굴을 붉히는 요인으로 작용하여, 소중한 연인의 얼굴을 볼 수가 없었다.

그런데도 선배는 눈을 돌리는 것조차 허락하지 않았다.

"……"

"얼굴 돌리지 마~. 달콤한 키스를 못 하잖아."

"……네."

장난스러운 웃음도 아니고, 어른스럽게 꾸며낸 웃음도 아니었다. 애정 넘치는 요염한 웃음. 그런 선배의 표정을 보고 나도 모르게 작게 대답했다.

"후후. 드디어 솔직해졌구나? 의외로 손이 간다니까~."

"선배가 할 말은 아니지 않나요?"

"오, 말 잘하네~. 내가 적극적으로 유혹 안 하면 아무것도 못 하는 쫄보면서~."

"그, 그렇지 않은데요……."

"지금도 쓰러트리기에 딱 좋은 타이밍이었는데~? ……앗, 지금 해도 늦어."

"큭……."

이대로 선배의 페이스에 휘말릴 수는 없다는 생각에 선배가 말한 다음에 움직여 보려 했지만, 감각이 예민한 지금의 나는 반대로 배를 조금 밀린 것만으로도 쓰러지고 말았다.

정곡을 찔리고, 힘으로도 안 되고, 연애 경험도 부족하며, 무엇 하나 선배에게 이길 수가 없다. 한심한 기분뿐이다. 하지만 선배도 악당은 아니다.

"뭐어, 오늘은 너를 많이 놀릴 생각은 없으니까 그렇게 경계하지 마. 동거 첫날밤이니까 달콤~한 밤을 보내게 해 줄게."

그렇게 말한 선배는 마시던 복숭아주를 내 입가로 가져다 댔다.

선배 특유의 칭찬일까. 나는 아무런 주저 없이 선배의 복숭아주를 전부 마셨다.

"좋아. 잘했어~."

요염한 웃음을 지으며 선배는 내 머리를 천천히 쓰다듬었다. 그야말로, 안달 나게 만들 듯이. 그 손길에 버티지 못하고 나는 선배에게 무심코 질문했다.

"……이게 달콤한 키스는 아니겠죠?"

지독하게 애태우고 애태우고 애태우던 끝에 찾아온 달콤한 키스가, 달콤한 복숭아주를 통한 간접 키스로 끝났다고는 생각하고 싶지 않았다.

정곡을 찔리고, 힘으로도 안 되고, 연애 경험도 부족하며, 무엇 하나 선배에게 이길 수가 없는 한심한 나여도 성욕은 일반적인 수준이다. 잔뜩 기대한 상태에서 간접 키스로 끝낼 정도로 욕심이 없지 않다.

오히려 성욕만 따지자면 일반적인 수준을 넘었을지도 모른다. ……물론 선배에게 손을 댈 용기가 없긴 하지만.

엄하다는 선배의 아버지에게 맞설 용기가 아직 부족하니까.

머릿속으로 그런 생각을 하는 사이 선배에게서 대답이 돌아왔다.

"설마. 간접 키스는 아무것도 아니지. 다른 사람이랑도 할 수 있는걸."

"그렇죠."

이해한 것처럼 대답했다.

선배는 굳이 설명할 것도 없이 인기가 많다. 외모는 누구도 부정할 수 없는 미인이고, 성격도 붙임성 있고 배려심도 많다. 그리고 모두를 매료시키는 섹시 스타일.

내가 모르는 사이에 많이 즐겼어도 이상하지 않다. 그래. 선배는 인기 있으니까.

그렇게 나 자신을 납득시키려 했지만 어딘가에서 끓어오르는 분함. 선배와 어울리지 않는 스스로가 원망스러웠다.

자연스럽게 표정이 굳는 게 느껴졌다. 하지만 아무래도 내가 생각한 건 기우였던 모양이다.

"아, 했다는 건 여자 친구들이랑 했다는 거니까 안심해. 네가 질투할 만한 일은 없었어~."

"⋯⋯딱히 질투하진 않았는데요."

"그런 거로 치고 넘어가자."

선배는 그렇게 말하며 잠시 소파에서 일어나 다시 짐이 있는 곳으로 걸어갔다.

선배는 나를 놀리긴 하지만 거짓말은 거의 하지 않는다. 더군다나 내가 상처 입을 만한 거짓말이라면 더욱.

게다가 내 생일 다음 날, 키스하기 전. 나와의 앞으로의 교제에 관해 이야기하며 눈시울이 빨개졌던 선배가 '안심해'라고 말한다.

그렇다면 나는 선배에게 더 뭐라 할 필요도 없고, 질투할 필요도 없다.

그냥 선배와의 달콤한 키스에 기대감을 부풀리도록 하자.

"그래도 지금 할 건 정말 본격적인 거라 아직 아무하고도 안 해 봤으니까 조심해."

여자 친구들과도 안 해봤다는 달콤한 키스. 더욱 기대치가 올라갔다.

"……조절이 안 될지도 모르거든."

선배가 그렇게 말하며 술과 함께 어떤 과자를 가져오는 것을 보기 전까지는.

"……빼빼로?"

선배가 농후 복숭아주 다음으로 마실 술과 함께 가져온 것은 유명한 막대형 초콜릿 과자 상자였다.

선배는 콧노래와도 비슷한 음을 흥얼거리며 신난 표정으로 내가 기다리는 소파로 돌아왔다.

불안한 예감이 엄습했다. 술자리. 빼빼로. 그리고 달콤한 키스. 앞으로 일어날 일은 자연스레 정해졌다.

"술 마시면서 달콤한 키스라면 일단 빼빼로 게임이지."

역시나, 불안한 예감이 적중했다.

술로 코팅된 입술을 할짝 핥는 쿠레하 선배. 그런 선배를 앞에 두고, 뜨거운 상상이 가속했다.

그래도 어떻게든 평정을 유지하며, 선배에게만 유리한 상황이 되지 않도록 나섰다.

"전 술을 마셔 본 지도 얼마 안 됐는데요."

"그럼 상냥하게 가르쳐 줄까?"

"……그건 됐어요."

"센 척 안 해도 되는데~. '키스도 빼빼로 게임도 처음이니까 사랑스러운 선배가 상냥하게 가르쳐 줬으면 좋겠어요'라고 말해도 되는데~?"

"………됐어요!"

선배의 마음을 흔드는 말 공격에도 나는 아슬아슬하게 차분함을 유지했다. 유지했다고 생각한다.

"잠깐 망설였지?"

아무래도 선배의 눈에는 차분해 보이지 않은 모양이다.

"기분 탓일걸요?"

"맨날 그렇게 이상한 부분을 얼버무린다니까. 어리광 부려도 괜찮은데."

"딱히 그런 거 아니에요."

"네에―, 그런 거로 넘어가 줄게."

내가 아무리 노력해도 선배에겐 빤히 보이는지 나를 더 추궁하진 않았다.

그 대신 봉지에서 빼빼로를 하나 꺼내 내게 내밀었다.

"그럼, 자. 과자 부분을 물어."

"아, 네……."

"내가 초콜릿 부분을 물고 기다리고 있을 테니까 천천~

히 베어 먹으면서 오면 돼."

그렇게, '이제 키스할 거야'라는 의미를 넌지시 비치며 색기 섞인 웃음을 짓는 선배.

그래도 나는 색기 섞인 미소를 지우지 않는 선배의 유혹에 패배하여, 뜨거운 시선을 받으며 빼빼로를 입에 물고 과자의 반대쪽을 선배에게 내밀었다.

그녀는 주저하지 않고 초콜릿 부분을 앙 물더니 '후훗' 하며 또 웃었다.

선언대로 초콜릿의 선단을 물고 내가 과자를 베어 물기를 기다리는 쿠레하 선배. 그 눈동자에는 평소처럼 나를 놀리는 분위기가 담겨 있었다.

이대로 아무것도 하지 않으면 분명 '역시 너는 어리광쟁이라니까~'라며 선배가 또 주도권을 쥘 게 틀림없었다.

여기까지 와서, 조금 움직이는 것만으로도 선배를 놀라게 할 수 있는 상황에서, 평소의 나로 있을 수는 없었다.

"······음, 으음······."

"좋아······ 잘하고 있어. 이리 와, 타카시 군······."

오독······ 오독오독······. 선배의 입술에 다가가기 위해 빼빼로를 조금씩 베어 물며 나아갔다.

조금씩, 또 조금씩 가까워질 때마다 선배는 천천히 내 양팔 위에 손을 올렸다. 그에 맞춰 나도 선배의 어깨와 허리에 손을 얹었다.

가녀린 어깨와 단단한 허리. 빼빼로를 베어 먹으며 다가갈 때마다 움찔거리며 떨리는 연인의 신체.

선배의 입술을 보니 체온으로 초콜릿이 녹기 시작하여, 복숭아주의 색 위에 반짝거리는 코팅이 묻었다.

야한 매력이 넘치던 입술이 확 바뀌어 농밀하고 달콤해 보이는, 당장이라도 빨아들이고 싶은 매혹적인 입술로 변해 갔다.

베어 먹던 빼빼로는 정신을 차려 보니 벌써 초콜릿 영역에 돌입했다. 선배의 매혹적인 입술까지 남은 거리는 아주 조금. 염원하던 달콤한 키스까지 얼마 남지 않았다고 생각한 순간──.

"으음, 이 정도면 됐겠지. 에잇──."

"……으읍?!"

갑자기 다가오는 선배의 입술에 나는 어찌할 방도도 없이 먹히고 말았다.

"음…… 쪼옥……, 으음…… 후훗. 달콤해라……."

천천히 깨물며 먹던 빼빼로는 눈 깜짝할 새에 사라지고, 대신 나타난 것은 초콜릿과 복숭아주로 듬뿍 코팅된 선배의 혀.

"서, 선배…… 이건……."

"으응? 물론 '달콤~한 키스'지. 달콤했지?"

헤실거리며 웃는 선배. 그 입술 끝에는 초콜릿이 묻어 있었다.

살짝 보이던 달콤한 일면. 그 안에 기다리고 있던 것은 달콤함으로 코팅된, 기력을 모조리 빨아들이려는 무서운 일면.

뜨거운 상상마저도 모조리 빨려 나가, 그저 너무나도 달콤했던 키스의 여운에 잠길 수밖에 없었다.

하지만 선배에게 지금의 키스는 별거 아닌 그저 첫 번째 키스.

"그럼 이번엔 타카시 군이 초콜릿 쪽이야. 자, 이쪽부터 물어~."

"또, 또 하는 건가요?!"

"물론이지~? 조절 못 한다고 내가 말했잖아."

황홀한 눈빛의 선배는 키스의 여운에 잠길 틈도 주지 않았다.

"내가 만족할 때까지 달콤한 키스는 계속할 거야."

그렇게 말하며 이번엔 초콜릿 부분을 내게 물렸다.

당연히 이번엔 선배가 베어 물 차례. 도망치려 해도 팔에서 목 부근까지 올라온 선배의 손이 그렇게 놔두지 않았고, 나는 또다시 어쩔 방도도 없이 선배에게 달콤하게 덮쳐졌다.

"음…… 으음…… 조금 더, 달콤함을 더해 볼까~……."

두 번째로도 끝나지 않고, 오히려 달콤함을 더하기 위해 빼빼로를 복숭아주에 적신 후 입에 무는 단계로까지.

"자…… 한 번 더, 할까?"

"선배——우웁."

"달콤~한 키스. 더 하기 싫어?"

선배는 정말 치사하다. 끈적한 눈으로 바라보면 누가 거절할 수 있을까. 반짝거리며 섹시하게 빛나는 입술에 다시 닿고 싶지 않을 리가 있을까. 달콤함이 늘어난 키스를 막을 수 있을까.

그저 과자 하나에 마음이 저울질당하는 시간조차도 애가 탔다.

그야, 그렇잖아? 이런 건 거부할 이유가 없었다.

"……."

조용히 고개를 가로저었다. 달콤한 키스를 좀 더 달라고, 주장했다.

"후후. 타카시 군이라면 그렇게 말할 줄 알았어."

싱긋 웃는 쿠레하 선배. 그와 동시에 과자 부분을 깨물기 시작한다.

"음, 우음, 합……."

"……우웃!"

빼빼로를 통해 뇌수를 울리는 연인의 달콤하고 황홀한 목소리. 과자를 잘게 깨무는 소리, 입에 들어간 과자를 삼키는 소리, 그리고 건조해진 입 안을 타액으로 적시는 소리…….

빼빼로로 전해져 오는 정보가 심장의 고동을 빠르게 만들었다. 선배의 달콤함을 빨리 맛보고 싶어서 초조해졌다.

"음, 으음⋯⋯ 음⋯⋯."

빼빼로뿐만이 아니었다. 눈앞에 있는 선배 자체로도 안달이 났다.

짧아진 과자가 입술에 의해 코팅되었고, 작게 벌려진 입 끝에서 끈적이며 새어 나오는 타액⋯⋯.

그 끝에는 나풀나풀 흔들리는 새빨간 머리카락. 그 틈새로 슬쩍 보이는 땀에 젖은 목덜미에 심장 고동이 가속하지 않을 수가 없었다.

"타카시, 군⋯⋯ 좋아해애⋯⋯."

"저, 저도⋯⋯ 좋아, 해요⋯⋯."

"후훗. 알고 있어."

평소와 같은 대화. 가벼운 확인 작업. 그런데도 지금, 이 순간은 그 어느 때보다 마음이 차올랐다. 분명, 선배가 평소보다 더 아름답기 때문이겠지.

아무도 볼 수 없는, 나만이 볼 수 있는 단정치 못하고 빈틈투성이인 사랑 넘치는 선배. 달콤하고, 황홀한 술 향이 나는 이 세상에 하나뿐인 선배. 누구에게도 넘길 수 없는, 나만의 쿠레하 선배.

"음, 으음⋯⋯ 음~⋯⋯."

인내한 후의 키스는, 더할 나위 없을 정도로 각별히 달콤했다.

"음, 으음……."

"선배, 일단 진정해요. 술버릇이 이상해지겠어요."

"조금만 더…… 좀 더 타카시 군이랑 달콤하게 기분 좋아질래……."

"그건 알겠지만, 이대로라면 돌이킬 수 없어질 것 같으니까 술에 적시는 건 그만해요."

"으응~?"

"으응? 이 아니라요. 이제 복숭아주는 끝. 압수예요!"

그 후로 우리는 몇 번이나, 몇 번이나 빼빼로 게임을 반복했다. 달콤함을 추구하듯이, 연인과의 특별한 시간을 음미하듯이, 몇 번이나 키스했다.

회수를 거듭할수록 짙어지는 복숭아 풍미. 그건 분명 알코올 농도가 짙어지는 것과도 마찬가지였기에 서서히 사고조차 녹아내렸다.

한없는 복숭아 풍미에 공포를 느꼈지만 빼빼로 게임을 그만둘 생각은 전혀 없다. 오히려 더욱, 더욱 선배를 맛보고 싶다는 생각마저 들었다.

그리고 그건 분명 선배도 똑같을 것이다.

"그럼 부족한 건 타카시 군이 보충해 줄래……?"

"제가, 요?"

"복숭아주가 없어도 만족할 정도로 짙고 달콤한 키스, 해 줄래?"

꿀꺽……

황홀한 표정, 진득하게 흐르는 타액, 가죽 재킷 너머로 느껴지는 물컹한 부드러움. 침을 삼키지 않는 게 어려운 상태였다.

그만큼 연인이 올려다보며 조르는 모습은 자극적이었다. 당연히 의욕이 생긴다. 선배의 기대에 부응하고 싶어진다.

"알았, 어요."

"와아──."

"선배를 만족시켜 드릴게요."

끌어안았다. 허리에 두른 팔에 힘을 줘서 지금보다 더 몸을 밀착시켰다.

움찔거리는 선배의 신체. 작게 흘러나오는 달콤한 목소리. 참을 수 없어서 빈손으로 축축한 목덜미를 쓰다듬었다.

"아…… 으응! 타카시 군, 애태우지 마……!"

"그럼 그만둬도 괜찮나요?"

"으, 음……."

"계속, 할게요."

아, 귀여워. 몸을 배배 꼬면서도 끝내 거절하지는 않는다.

한숨처럼 제지하는 말을 뱉어내지만, 눈은 좀 더 해 달라며 조른다.

행동과 실태가 전혀 맞지 않는 사랑스러운 선배 앞에선

나도 인내심이 한계에 달했다.

"타카시, 군…… 정말 좋아, 해."

"저도요. 저도, 선배를 정말 좋아해요."

"하, 으읏……!"

목덜미에서 목, 턱을 지나 입술로. 물방울 져 떨어지는 타액을 모으며 목적지로 손가락을 가져갔다.

"타카시 군, 심술쟁이……. 좀 더, 거침없이 올 거라고 생각했는데……."

"선배도 항상 저한테 심술부리잖아요. 그러니까 갚아 주는 거예요."

"하지만 타카시 군도 기뻐하던걸. 그래서 나도 모르게."

"그런 쿠레하 선배도 지금 엄청 기뻐 보이는데요?"

"그건, 그야…… 타카시 군이라면 뭘 해도 기쁜걸."

"──윽?!"

"하핫. 부끄러워하기긴."

"어, 어쩔 수 없잖아요! 선배가 기쁘다는데 안 부끄러운 게 이상하잖아요!"

"그런 타카시 군이 좋아."

조금 더. 조금 더 하면 여유 없는 표정을 볼 수 있으리라. 그렇게 생각하여 몰캉거리는 입술을 만지작댄 건데, 정신을 차려보니 형세가 역전되었다.

아무리 발버둥 쳐도 나는 선배에게 놀림당하겠지. 그리고 계속하여 거기에 기쁨을 느끼겠지.

그게 바뀌진 않을 것이다. 오히려, 지금 관계가 이어져도 상관없다. 쿠레하 선배가 옆에 계속 있어 준다면, 충분하고도 남는다.

하지만, 지금은……. 지금만큼은 조금 더 나서고 싶기도 하다…….

"쿠레하 선배. 조금만 더 참을 수 있겠어요?"

"응~? 또 뭘 하려고~?"

"말했잖아요. 만족시켜 주겠다고."

"──어?"

방심했겠지. 나를 놀리고 만족해 버렸겠지. 급격히 거리를 좁히는 내 얼굴에 멍한 표정을 짓는 선배.

"사랑해요."

"으읍?! 음, 우으…… 읏!"

아주 조금, 욕망을 내보였다.

고작해야 키스지만, 그래도 키스. 스무 살 생일을 맞이하기 전까지 연인과 키스도 하지 못했던 내게는 커다란 진전이었다.

하지만 더 나아가는 건 그만두자. 더 나아갔다간 브레이크가 고장 나고 말 것이다.

"선, 배……."

그러니까, 지금 내가 할 수 있는 건, 키스까지…….

"하아……, 하앗……! 음, 후후…… 우후후."

"선배……?"

"타카시 군의 마음이 그렇다면 나도── 으음, 쪽."

"──읏?!"

아무리 선배가 원하더라도…… 키스까지다…….

"우와~, 입 주변이 끈적해~."

"그야 종일 빼빼로 게임을 했으니 그렇죠……."

결국 나는 선배와 빼빼로가 다 떨어질 때까지 키스를 반복했고, 정신을 차리니 빼빼로가 없는 상태에서도 키스를 계속하고 있었다.

달콤함이 배어든 혀를 탐하고, 부족해지면 몸을 밀착시키며 키스하고…….

키스가 끝난 건 해가 뜨기 직전. 밤새, 짐 정리도 하지 못하고 그저 소파 위에서 스킨십 하며 시간을 보냈다.

"……오늘은 학교 수업 쨀까?"

"출석 일수 괜찮으세요?"

"나는 평소에 착실히 수업 듣는다구. 타카시 군은?"

"저도 착실히 출석해요."

"그럼 오늘 정도는 괜찮겠지?"

입가에는 초콜릿과 복숭아주와 사랑하는 이의 타액. 여운

이 남은 나는 그것을 닦지도 못하고 처음으로 자체 휴강이라는 선택을 하고 말았다.

하지만 이상하게도 불안한 기분이 들지 않고, 오히려 지금이라면 평소에 하지 못할 말도 할 수 있을 것 같은 기분이 들었다.

언제나 마음속으로 생각만 하는 나를 바꿀 기회라고 생각하여, 나는 결심하고 머리에 떠오른 말을 꺼냈다.

"……모처럼이니까 같이 침대에서 잘까요?"

"그건 야한 쪽의 제안이야?"

"아, 아뇨…… 그런 게 아니라……."

"농담이야, 농담. 빨리 같이 눕자."

"심장에 안 좋다니까요……."

소파 위에서 서로를 끌어안은 나와 선배는 밀려나듯이 곧장 옆 방에 있는 침대에 몸을 뉘었다.

그리고 그대로 가라앉듯이 눈을 감았다. 천천히, 천천히, 눈앞에 사랑하는 쿠레하 선배가 있다는 사실을 다시금 확인하며…….

동거 생활 이틀 차에 나는 자체 휴강을 배우고 말았다.

모두가 필사적으로 수업을 받는 사이에, 나는 밤새 키스를 나눈 연인과 같은 침대에 누워 있다.

입안에 아직 남은 달콤함이 미약하게 나의 마음을 달아오르게 했다. 이상하게도 그게 싫지 않은 건, 분명 지금이 너무나도 행복하기 때문이겠지.

　──이 행복이 '일상'이 되리라고 믿고 싶으니까.

◇한담◇

"어, 어젯밤은 위험했어……! 하마터면 타카시 군한테 주
도권 빼앗길 뻔했잖아……!"

　잠깐의 휴식. 계속해서 바쁘게 움직이던 심장을 진정시키
기 위해 나는 혼자 샤워를 하러 들어왔다.

　혼자지만 벽 한두 개 너머에는 사랑하는 이가 있다. 내가
사랑하는 단 한 명의 남자. 그를 생각하는 것만으로도 마음
깊은 곳이 간질간질했다. 아무리 해도 진정이 되지 않았다.

　하지만 어떻게든 차분해지기 위해서는 혼자 있을 시간이
필요했다.

　지금 내가 타카시 군의 옆에 있으면 분명 키스 다음까지
바라게 될 테니까.

　그렇지만 학교에 가고 싶지는 않았다. 타카시 군의 옆에
서 떨어지고 싶지 않은걸.

　"……나도 참. 머릿속이 완전히 타카시 군으로 가득하네."

　툭 내뱉은 혼잣말. 처음 만났을 때의 나는 상상도 못 할

정도로 타카시 군으로 가득 찬 생활.

고작해야 사랑이지만, 그래도 사랑. 한번 빠져들면 한없이 빠져들고 만다. 두렵고도 두려운 사랑의 구멍으로 빠져들어간다.

하지만 지금은 함께 빠져 주는 상대가 있다. 함께 사랑을 즐겨 줄 상대가 있다.

그러면, 뭐…… 괜찮으려나……?

"어쩔 수 없지. 좋아하게 되어 버렸는걸."

자각하게 된 마음을 입 밖으로 내뱉었다. 마음은 차분해졌지만 연심은 점점 강해졌다.

응. 이쯤 진정하면 됐겠지.

──짝!

"좋아. 오늘도 적당히 긴장하고, 힘내자!"

양 볼을 세게 때리고 다짐한다. 평소의 루틴. 타카시 군에게 약점을 보이지 않기 위한 습관.

좋아하는 사람 앞에서는 조금이라도 다른 모습으로 있고 싶잖아?

샤워를 마친 나는 그와 만날 때처럼 머리카락을 오른쪽으로 묶으며 그렇게 생각했다.

"좋았어! 정리 끝!!"

"결국 시간이 꽤 걸렸네요."

"그만큼 오래 러브러브 했으니까 됐잖아. 너도 나쁘진 않았지?"

"그, 그야 그렇지만……."

선배가 우리 집에 온 지 3일 차 오후. 드디어 짐 정리가 끝나고 나는 선배와 지정석이 되어가는 3인용 소파에 앉아 있다.

하루면 정리할 짐을 3일 차 오후에서야 정리한 이유는 단순하다. 뭔가 있을 때마다 선배가 장난을 치기 시작해서 제대로 정리에 집중할 수 없었기 때문이다.

1일 차는 술과 키스로 보냈고, 2일 차 오후까지는 함께 침대에 누워 푹 잤다. 여기까지는 어쩔 수 없다고 해도, 선배가 자신의 옷을 옷장의 빈 공간에 넣을 때마다 놀려서 도저히 진전되지가 않았다.

물론 쿠레하 선배가 단순한 장난을 칠 리가 없다.

[앗. 이러다간 승부 속옷 들켜 버리겠네~.]

틈이 날 때마다 심장에 좋지 않은 말을 내뱉으니까 작업을 멈출 수밖에 없었다. 작업을 멈추지 않으면 선배가 더욱 자극적인 장난을 칠지도 모르니까.

결국에는 한 번뿐만 아니라 두 번, 세 번이나 당하고 말았지만……

[아, 혹시 이쪽이 보고 싶은 거야……?]

가끔은 기장이 짧은 치마를 걷는 척하며 내 마음을 흔들거나——.

속옷 단품에는 반응하지 않았지만, 치마를 걷어 올리는 행위에는 강하게 반응해 버리는 바람에 선배의 놀림 욕구를 충족시켜 버렸다.

치마 속은 볼 수 없었고, 선배에게는 '변태' 소리를 듣는 처참한 결과로 이어졌다. 이상하게도 짓궂게 웃으며 던지는 '변태'라는 말에 썩 기분이 나쁘지 않다는 점이 문제였다.

어느샌가 격양된 마음이 끓어올라서 선배의 얼굴을 제대로 볼 수 없었다.

"뭐야~. 얼굴 돌리지 말고. 부끄러워도 얼굴 돌리지 말고 나를 봐. 모처럼 같이 살게 되었으니까 나를 잔뜩 눈에 담아야지."

양손으로 내 얼굴을 꼭 붙잡고 고정하는 선배. 자연스럽게 마주하게 된 선배의 눈은 무척이나 매력적이라, 또 시선을 피하고 싶어졌다……

"지금 얼굴이 빨간데요……."

"나는 신경 안 써."

"선배가 또 놀릴 테니까……."

"부정하진 않을게."

"지금은 '안 놀릴게'라고 해야 하는 거 아닌가요……."

선배는 언제나 일관적이다. 내가 아무리 시선을 피하려 해도, 반대로 1일 차 밤처럼 똑바로 마주해도, 선배는 언제나 나를 놀리기에 전력을 다했다.

그 이유는 딱 하나——.

"그야, 나는 좋아하는 사람을 놀리는 시간이 좋은걸. 타카시 군은 안 그래? 나한테 놀림당하는 거, 싫어?"

좋아하니까.

좋아한다는 게 놀리는 행위 자체를 말하는 건지, 나를 말하는 건지는 아직 잘 모르겠지만, 어느 쪽이든 좋아한다는 사실은 변함없다. 좋아하는 감정이 나를 향했다는 사실은 변함없다.

선배의 마음이 나를 향해 있다는 것이 기쁘지 않을 리가 없다. 격양된 마음이 승화되어 표정이 풀리고 만다.

"그렇게 말하는 건, 치사하잖아요……."

나도 모르게 선배에게 작게 투정을 부렸다.

당연히, 선배가 이 절호의 놀릴 타이밍을 놓칠 리가 없다.

"으응? 왜애?"

"……싫었으면 선배랑 사귀지도 않았어요."

"으음. 한 번 더!"

"뭐예요, 그 반응은."

"조금 더 타카시 군의 좋은 모습을 보고 싶은걸~!"

철저하게 나를 동요시키려는 선배. 내 좋은 모습을 보고 싶다며 조르는 연인.

하지만 그 외의 목적이 있는 것처럼 보이기도 했다. 그게 아니라면 저렇게 광대가 한껏 올라간 채로 기대하는 눈빛을 내게 보낼 리가 없다.

평소엔 입꼬리만 움직이는데, 지금은 볼까지 올라가 있다. 평소와는 다른 놀림. 달라진 이유가 무엇인지, 처음엔 나도 몰랐다.

"좋은 모습이라니…… 앗."

아니, 아주 잘 생각하면 예상 가는 것이 딱 하나 있었다. 오히려, 최근에 생겼다고 해도 과언이 아니다.

그래서 눈치채는 게 늦고 말았다.

"두근두근, 두근두근……."

나의 앗 하는 소리에 선배의 기대치가 올라갔다. 그런 선배의 기대를 뛰어넘기 위해 나는 마음을 다지고 한 번 더 노력했다.

"놀림당하는 게 싫었으면, 같이 살자는 생각도…… 안 했어요."

마음을 말로 한 순간, 달콤한 향수 냄새가 짙어졌다.

"우웅──!! 타카시 군 너무 좋아!"

"저, 저도 좋아해요……!"

"나도 알아~~."

말보다 빠르게 나를 끌어안은 선배가 귓가에 애정 섞인 말을 속삭였다. 나도 질 수 없어서 화답했으나 선배는 빠르게 수긍했다.

선배를 앞서나가기에는 아직 시간이 더 걸릴 듯하다.

선배의 품속에서 그런 생각을 하다가, 문득 시계가 눈에 들어왔다.

오후 1시 반. 대학생에게는 중요한 때임을 알려주는 시각. 즉, 오후 수업이 시작할 때였다.

"으아. 계속 이러고 있을 때가 아니었네. 학교 쉰 만큼 만회해야 하는데!"

"설마 3일이나 쉬게 될 줄은 몰랐네요."

"그래도 그동안 친구가 대리 출석해 줬지?"

"그건 그렇지만……. 분명 무슨 일이 있었는지를 물어볼 텐데……."

"연상 미인 여친이랑 러브러브 꽁냥꽁냥 했어요~, 라고 말하면 되잖아."

"그랬다간 맞을걸요!"

짐 정리를 시작하고 선배와 처음으로 침대에서 잔 날로부터 3일간, 나는 학교 수업을 쉬었다. 선배가 보내 주질 않거나, 반대로 내가 선배와 떨어지기 싫어하거나, 여러 이유로 오늘까지 자체 휴강을 이어 나갔다.

물론 대학생으로서 수업을 너무 빼먹었다가는 여러모로 문제가 생길 수밖에 없다. 실제로 대리 출석을 부탁한 친구로부터 '너, 갚아야 할 게 점점 늘어날 텐데 괜찮겠어?'라며 협박까지 받고 있다.

이번 일이 아니더라도 그 친구에겐 여러모로 빚이 있어서, 수업을 더 빠질 만한 상황이 아니었다.

예를 들면 저번의 침대 뒤 위장 벽도 도움을 받았고.

"……이제 갈 수밖에 없겠네요."

"파이팅, 타카시 군!"

"남 일이 아니잖아요?! 선배도 학교 가야죠?!"

"에엥~."

"에엥이 아니라요!"

꾸물거리는 선배를 잡아당기며 무거운 몸을 일으킨 나는 오후 수업에 늦더라도 출석은 해야겠다는 생각에 그대로 손을 잡고 함께 현관으로 발걸음을 옮겼다.

"참고로 나는 친구한테 미리 '미남 연하 남친이랑 러브러브 꽁냥꽁냥 할 테니까 대리 출석 잘 부탁해~'라고 메시지 보내 뒀어~."

"너무 대담하지 않아요? 선배도, 그 친구분도."

선배가 말한 메시지 내용이 어디까지 진실일까, 쓴웃음을 지으며.

"오, 드디어 왔군. 자체 휴강러. 오늘도 대리 출석을 시켰으면 고기라도 대접받을 생각이었는데 덕분에 계획이 허탕이 됐다고."

"위험했네. 네 먹는 양을 생각하면 파산했을 테니까……."

"아, 당연히 무한 리필집은 안 되는 거 알지?"

"진짜 위험했잖아!"

학교에 도착하자마자 나는 강의실에서 먼저 수업을 듣고 있던 친구에게 꾸중을 들었다.

이유는 당연히, 이미 '결석이 너무 많잖아'라는 소리를 들었으니까. 아무리 출석이 자유로운 대학생이라도 친구에게 맡기는 데엔 한계가 있다. 그 한도가 오늘 가득 찬 것이었다.

그 친구, 소노다 유의 옆에서 중간부터라도 수업을 성실히 듣기 위해 노트와 필기구를 책상에 늘어놓았다. 상남자스러운 말투와는 다르게 키가 작고, 파란색과 흰색 베이스의 헐렁한 파카가 아담함을 더욱 강조하는, 유일이라고 해도 과언이 아닌── 신뢰할 수 있는 여사친의 옆에.

"그래서, 왜 3일이나 빠졌는데? 이유에 따라선 너그럽게 봐줄 수도 있고. 구체적으로 말하면 나중에 식당의 디저트를 내가 만족할 때까지 대접하는 거로 용서해 줄 수 있어."

"그건 용서하는 게 아닌 것 같은데."

"됐으니까 말해 봐. 안 그러면 고기로 간다?"

"알았어. 말할게요. 말하게 해 주세요!"

"알았으면 됐고. 자, 말해 봐."

아무래도 유는 내가 수업을 제대로 듣게 놔둘 생각이 없는 듯, 내 옷소매를 꽉 잡아당기며 3일간 내가 무엇을 했는지를 물었다. 그것도 내가 한 끼 쏘는 것을 전제로.

평소와 다름없이 검은색 후드를 깊게 눌러쓰고 얼굴을 가리고 있어서 유의 표정은 볼 수 없었지만, 분명 득의양양하게 웃고 있을 것이다.

쿠레하 선배도 그렇지만, 아무래도 나는 여성에게 잘 놀림당하는 타입인 듯하다.

아니면 놀리기 좋아하는 여성과 뭔가 인연이 있다거나?

나는 내 처지를 떠올리면서 지갑에 돈이 얼마 있는지를 떠올렸다.

대략 5천 엔. 아담한 체격에 비해 먹성이 좋은 유에게 디저트나 고기를 대접하기에는 조금 아슬아슬한 소지금.

하지만 대답하지 않는다는 선택지는 없었다. 그땐 유가 주저하지 않고 고기를 고를 테니까. 그것도 고급 식당을.

도망이 허락되지 않는 위태로운 상황 속에서 나는 나직이 대답했다.

"……선배랑 꽁냥꽁냥 하고 싶어서 자체 휴강 했어요."

"좋아. 이따가 ATM 가자. 네 돈으로 고기를 먹어야겠어."

"디저트로 용서해 준다고 했잖아?!!"

"그건 이유에 따라 달라진다고 말했잖아? 뭐야. 애인이랑 꽁냥꽁냥 하려고 나를 혹사시킨 거냐고!!"

불합리하다. 나는 솔직하게 대답했는데.

이유에 따라 달라진다고 했지만 거짓말을 했어도 고기를 골랐을 게 틀림없다. 소노다 유라는, 거짓말을 무척이나 싫어하는 친구가 몰아붙이는 이 상황은 정말로 불합리했다. 도망칠 방법이 존재하지 않았다.

그야 그렇잖아? 쿠레하 선배와 계속 꽁냥꽁냥 하고 싶은 건 본심이니까.

내 친구는 그런 인물이다. 거짓말을 싫어하고, 식욕에 정직하고, 그 이상으로 감이 날카롭다. 쿠레하 선배와는 다른 의미로 방심할 수 없는 상대다.

하지만 그런 점을 알아도 꽁냥꽁냥 했던 사실은 변하지 않는다. 그렇다면 조금이라도 나를 지킬 변명을 해야겠다는 생각에, 나는 기를 쓰고 유에게 변명했다.

"어, 어쩔 수 없잖아?! 쿠레하 선배가 갑자기 동거용 짐을 들고 우리 집에 밀고 들어오는데!!"

하지만 이건 좋지 않은 선택이었다. 괜한 말을 입에 담지 않았다면, 사태가 악화할 일도 없었을 테니까.

"잠깐."

"뭐, 뭔데……."

"동거용 짐을 들고 밀고 들어왔다는 게, 뭔데……?"

"말 그대로, 지금 집에서 선배랑 동거하고 있는데……."

"뭐야. 처음 듣는 이야기인데."

"그야 말을 안 했으니까."

평소대로 말하는 나와는 정반대로, 유의 목소리가 조금 낮아졌다. 이때의 나는 그걸 눈치채기는커녕 그 이유조차 알지 못했다.

"그래서, 타카시는 평소처럼 유혹에 넘어가서 허락해 버린 거군? 여전히 나약하네."

"따, 딱히 유혹에 넘어간 건 아닌데……. 나도 쿠레하 선배랑 같이 있고 싶다는 생각은, 평소에도 계속했고……."

"그런 것치고는 맨날 놀림만 당하잖아? 이번에도 '실은 잠깐 묵다 갈 거야~'라는 결말 아니야?"

"서, 선배는 그렇게까지 악질 장난은 안 쳐!!"

쿠레하 선배와의 동거를 설명하는 것만으로도 힘에 부친 내게 유의 목소리 변화를 신경 쓸 여유는 없었다. 그뿐만 아니라 쿠레하 선배를 조금 나쁘게 바라보는 듯해서 발끈했다.

선배는 정말로 나를 좋아해 준다.

3일간 함께 있으면서 그건 아플 정도로 잘 알았다. 그것도 잘 모르면서 동거 이야기를 '장난'으로 치부하는 건 절친인 유라도 용서할 수 없었다.

그래서 나도 모르게 조금 큰 소리를 내고 말았다.

당연히 강의실에 있던 사람 대부분이 우리 쪽을 보며 웅성거리기 시작했다.

하지만 당사자인 나와 유는 주변의 시선을 신경 쓰지 않고 대화를 이어 나갔다.

"그럼 확실한 동거라는 증거 있어?"

"무, 물론 있지!!"

"흐음? 그럼 말해 봐."

우리는 한 발짝도 물러서지 않고 서로를 노려봤다.

그런 상황을 끝내기 위해 나는 동거가 '장난'이 아닌 증거를 꺼냈다.

"밤새 키스하고, 쿠레하 선배랑 같은 침대에서 잤는……!!"

그 순간, 강의실 전체가 살기로 가득 찼다.

"뭐? 쿠레하 선배라니. 교양학부의 오타니 쿠레하 선배를 말하는 거야? 뭐야? 같이 잤다니 무슨 소리를 하는 거야? 저 녀석."

"아니, 그거잖아. 망상이잖아? 그거라면 나도 매일 밤 오타니 선배의 품속에서 잠든다고."

"잠깐. 다키마쿠라일 가능성도 있잖아!"

"그거다!!!"

'무슨 소리를 하는 거야? 저 녀석'은 내가 할 말이다. 아니. 같이 잤다고 선언한 내가 할 말은 아니지만 말이 심하지 않나.

아니, 오히려 알려지지 않았다고 해도, 내 애인이 모르는 사이에 다키마쿠라가 되었다는 사실이 무척 불쾌했다. 뭐가 '그거다!!!'냐고.

멋대로 결론 내지 말라고.

······아니, 나도 안다. 선배가 얼마나 인기 있는지도, 평소에 어떤 시선을 받는지도, 잘 알고 있다.

내가 어울리지 않는다는 것을 시사하는 악의 담긴 말. 한 번 자면 선배를 제 것으로 만들 수 있다는 비열한 생각.

새삼스럽다. 나와 선배가 사귄다는 사실에 이상한 반응이 돌아오는 건 지금 와서는 크게 상관없을지도 모른다.

그래도 나와 선배가 헤어질 일은 절대 없다.

"자, 자. 일단 조용! 잡담은 수업 후에 마음껏 하도록!!"

교수의 질책에 살기가 뚝 멈췄다. 그와 동시에 미약한 평온이 찾아왔다.

적어도 수업이 이어지는 동안엔 아무 일도 생기지 않을 테니까.

웅성웅성······ 웅성웅성······.

나와 유는 지금 사람으로 가득 찬 식당 안에 있다.

시간은 저녁. 수업은 끝. 학교 근처 가게여서 그런지 내부에는 학생으로 보이는 손님들로 북적였다. 그 안에서 나는 자리에 앉자마자 유에게 한마디 했다.

"……미안해."

"됐어. 사과 안 해도. 아까 수업에서 있었던 일은 내가 타카시를 화나게 한 책임도 있으니까."

맞은편에 앉은 유는 여전히 파카 후드를 깊게 눌러써서 표정을 숨긴 채로 손톱을 만지작거리며 대답했다.

평소처럼 유가 무슨 생각을 하는지, 그 진의까지는 알 수 없었다. 하지만 거짓말은 아닐 것이다. 그녀는 성격상 남들뿐만 아니라 자신에게도 거짓말을 용서하지 않으니까.

"그럼 화난 건 아니지……?"

"물론이지. 일방적으로 타카시 탓이라고 생각할 정도로 나쁜 여자는 아니라고, 나는."

"그럼 다행이고……."

유의 얼굴을 들여다보니 그녀의 말처럼 화난 기색은 보이지 않았다. 그 대신 기대로 입꼬리가 올라간 먹보의 표정이 있었다. '목표'가 시작되기만을 목 빼고 기다리는, 표정과 대사가 일치되지 않는 친구를 보고 나는 혀를 내두를 수밖에 없었다.

그도 그럴 것이.

"왜 고깃집에 온 거지……?"

화난 것이 아니라면 고깃집으로 날 데려오지 않았을 테니까.

"잠깐. 단순한 고깃집이 아니라고. 고기를 파는 술집이지. 여긴 술이 맛있거든!"

"어쨌든 고기는 고기잖아!! 난 솔직히 말했다고! 디저트로 합의한 거 아니었어?!!"

"내용에 따라 달라진다고 했잖아? 역시 같이 잤다는 식의 이야기를 듣고 고기라도 대접받지 않으면 억울할 것 같아."

"불합리해……."

말도 끝나기 전에 정정하는 유의 앞에서 나는 한숨을 쉴 수밖에 없었다. 고깃집과 고기를 파는 술집의 세세한 차이는 신경 쓰이지 않을 정도로 지금 상황이 혼란스러웠다.

확실히 솔직히 말하면 디저트로 끝내 준다고 말하진 않았다. 어디까지나 '디저트로 참아 줄 수도 있다'라는 뉘앙스였다.

하지만, 그래도. 그래도 말이다. 조금은 내 심적 피해를 배려해 줄 수 있지 않나.

수업 중에 부추김당해 심문당한 데다가 주변 학생들에게 주목받다가 급기야 교수님에게 '성에 솔직한 건 좋지만, 지금은 수업에 집중하세요'라는 주의를 듣기까지.

수업이 끝난 후엔 교수님에게 설교도 당했는데…….

그 상태로 고깃집에 끌려온 것이다. 이게 불합리가 아니면 뭐가 불합리일까.

그런데 쓸쓸한 표정의 나를 앞에 두고도 유는 그저 먹을 생각뿐이었다.

"뭐, 그렇게 투덜대지 말고. 이상한 억측으로 화나게 만든 책임도 있으니 무한 리필로 참아 줄게."

"참아서 무한 리필이냐……."

"물론, 음료 무한 리필도 추가."

"하아……."

"불만이라도 있어?"

"아니요. 없는데요."

"좋아. 그럼 주문한다—."

내 소심한 저항이 허무하게도 유는 테이블 옆에 세워진 주문 패널로 손을 뻗어 음료와 고기를 차례차례 주문했다.

갈비에 소혀 소금구이, 곱창에 간. 대표 메뉴부터 취향이 갈리는 메뉴까지 그녀가 먹고 싶은 만큼. 당연히 음료는 술이었다.

그녀는 체격이 작지만 생일은 나보다 빨랐고, 쿠레하 선배만큼은 아니지만 나름대로 주량이 세기 때문에 무한 리필이라 정말 다행이었다.

지금까지 아무리 마셔도 취한 모습을 보인 적이 없었기에 놀라울 정도였다.

그런 친구의 식성을 생각하는 사이에 주문한 것이 차례차례 나왔다.

"그럼 이제 굽는다~."

"어, 어어⋯⋯."

"간이나 곱창은 먹을 수 있지? 못 먹으면 다른 거 시켜도 되는데."

"아니. 먹을 수 있으니까 괜찮아."

"그래? 그럼 됐고."

고기가 도착하자 지체하지 않고 석쇠 위에 고기를 올리는 유. 수많은 그릇을 들고 온 점원은 그녀의 모습을 보고 굉장히 놀랐다.

그야 그렇겠지. 가져온 게 단 두 명이 주문할 양은 아니었으니까. 물론 처음에 맥주가 두 잔 나왔을 때도.

뭐, 그렇겠지. 외양만 보자면 유는 성인처럼 보이지 않는다. 나는 전부터 봐온 사이라 지금은 딱히 신경 쓰지 않지만.

"건배—!"

"거, 건배!"

결국 포기한 나는 유의 맥주잔에 내 잔을 부딪쳤다.

"그래서, 실제론 어때?"

"어떠냐니?"

"그야, 오타니 선배와의 동거 생활 말이야. 방금 들은 이야기로는 폭발해서 뒈지라는 생각밖에 안 드는데."

"자연스럽게 무서운 소리 하지 마."

"뭐어, 평소 같은 농담이라고 생각해."

"농담이 너무하잖아."

식사 속도가 느려지기 시작했을 때, 고기를 입에 던져 넣는 것을 잠시 멈추고 내게 원한을 쏟아부으며 쿠레하 선배와의 생활에 관해 물어보는 유.

후드를 벗거나 한 건 아니지만, 그래도 유가 히죽거리며 듣고 있다는 사실은 안다. 이러니저러니 해도 대학에 입학하자마자 사귄 친구란 점을 실감했다.

그리고 유가 이성이기 이전에 절친이라고 생각하는 나는 다소 깊은 이야기도 꺼낼 수 있었다.

"……뭐, 아직은 막 시작한 참이지만 즐거워. 만나고 싶을 때 쿠레하 선배가 있고, 반대로 쿠레하 선배도 상상 이상으로 놀리면서 달라붙고……."

"그래서, 흥분해서 침대에서 덮쳤다?"

"그건 아직 안 했어."

"나약한 놈."

"내버려 둬."

유가 나를 한심하게 바라보고, 나는 그걸 가볍게 흘려보냈다. 평소의 대화 패턴.

강의실에서 들었던 가라앉은 말투는 대체 뭐였을까. 그때 유의 짜증은 뭐였을까 의문일 정도로 평소와 똑같다.

하지만 전부 평소 같지는 않았다.

지금은 고기뿐만 아니라 술이 함께하는 자리. 평소와는 또 다른 분위기의 대화로 발전했다.

"뭐, 타카시가 지금 큰 불만이 없다면야 상관없지만, 앞으로 그건 어떡할 건데?"

"그거라니?"

"그야 네…… 야한 책 말이야. 정확히 말하자면 네 아랫도리 사정."

평소보다 더 깊숙이 들어오는 세속적인 이야기로.

"아…….."

"역시 아무 생각도 안 했군. 그리고 마무리가 허술한 타카시라면 그 위장 벽도 바로 들켰을 것 같은데?"

"으…….."

"그래서 말했잖아. 위장 벽 앞에 일부러 미끼를 두라고."

"선배가 위장 벽을 눈치 못 채게 하는 데에 열중하느라 거기까진 신경을 못 썼어…….."

"쯧쯧…….."

유와 야한 책 이야기를 하는 건 딱히 이번이 처음이 아니었다. 오히려 적극적으로 야한 책 이야기를 꺼내는 건 유 쪽이었다.

[네 취향의 그라비아 아이돌 발견!]

[최근에 괜찮았던 거 빌려줘.]

마치 남자 친구와 대화하는 듯한 기분에 빠졌다.

그 연장선으로, 저번 침대 뒤의 위장 벽은 유의 도움을 받았다. 이유는 당연히 야한 책을 숨기기 위해서. 결국은 허무하게 들키고 말았지만……

이런 관계성이 있기에, 야한 책 이야기 자체는 우리 사이에선 평범한 이야기다. 하지만 그래도 그보다 더 자세한 이야기까지는 파고들지 않았다.

아무리 남자 친구와 대화하는 기분이라도, 유는 이성이다. 버젓한 여성. 애인도 아닌 여성과 깊은 대화를 할 기분은 아니어서, 결국 위장 벽이 들켰다는 것 외에는 아무 말도 하지 않았다.

"뭐, 무슨 일이 있으면 상담은 들어줄게. 당연히 그만큼 보답은 필요하겠지만 말이야."

유도 나를 더 추궁하지 않고, 다시 고기를 아담한 몸 안으로 밀어 넣기 시작했다.

"쿠레하 선배, 이제 기분 좀 풀어 주세요……."

유와 식사를 마치고 쿠레하 선배가 기다리는 우리 집으로 돌아온 나는, 지금껏 없었던 궁지에 빠져 있다. 원인을 짧게 말하자면 유와 단둘이 식사했단 것.

"흥! 나한테 말도 없이 여자애랑 단둘이 식사하는 남자친구는 필요 없어!"

"그건 부득이한 사정이 있어서요⋯⋯."

"게다가 술까지 마시고 왔잖아! 얼굴이 살짝 빨개진 걸 보면 딱 안다고!"

"딱 한 잔이었어요⋯⋯. 그 후엔 음료수로 참았다고요."

"마셨단 거네. 나 말고 다른 여자랑⋯⋯!!"

고개를 돌리고 뽀로통해진 선배에게 사정을 설명하려 했지만 말을 잘못했는지 상황은 악화하기만 했다.

애초에 고기 냄새가 남은 채로 안이하게 집으로 돌아온 내가 나쁜 게 맞긴 하지만, 설명할 기회도 없이 유와 고깃집에 간 것을 들키고 말았다.

설마 얼굴이 빨개진 걸로 들킬 줄은 상상도 하지 못했다.

아니, 애초에 선배는 내가 혼자서 고깃집에 갈 성격이 아니란 점도, 제대로 된 친구가 이성인 유뿐이란 사실도 알고 있다. 그러니 바로 들키는 것도 어떻게 보면 당연하다라는 생각이 들었다.

어쨌든, 술을 마셨단 걸 바로 알아채는 선배의 통찰력엔 놀랐다.

술을 마셨다는 것을 선배에게 들키지 않기 위해 음료수를 엄청나게 마셨는데, 얼굴을 보자마자 바로 들키고 말았으니까.

"저기, 선배⋯⋯ 어떻게 하면 용서해 주실 거예요⋯⋯?"

이러저러한 사정으로, 나는 거실 카펫 위에 정좌하여 쿠레하 선배의 화가 가라앉기를 기다렸다.

소파에 다리를 꼬고 앉아서는 내가 애용하는 쿠션을 끌어 안고 얼굴을 파묻거나, 마시던 감귤주를 더 마실지 고민하 거나……. 화내는 건지 아닌지 알 수 없는 선배의 행동을 빤 히 바라보며.

그런 생각을 하는데, 선배가 터무니없는 말을 꺼냈다.

"결정했어……! 타카시 군의 술이 다 깰 때까지 키스 안 할 거야……!"

"네?!"

"타카시 군이 나랑 키스하는 걸 좋아한단 점은 알고 있으 니까! 오늘은 하루 종일 참아야 할 거야!"

"그, 그, 그건 너무하잖아요?! 죄송해요. 하루 종일 참는 건 힘드니까 용서해 주세요!"

"안 돼. 제대로 반성해!"

설마 스킨십 할 때마다 키스를 해 오는 쿠레하 선배가 키 스를 안 하겠다고 선언하다니.

내가 선배와의 키스를 매번 기대한다는 사실이 들킨 건 덤이었다.

그렇다는 것은 즉, 지금부터 나에게 있어 상당히 심한 벌 이 시작된 것 같은데……?

유한테 끌려가서 고깃집에서 술을 한 잔 마신 것뿐인데.

그것뿐인데 벌을 받아야 한다니 이게 불합리가 아니고 무엇일까.

하지만 내 보잘것없는 불만은 쿠레하 선배의 어떠한 행동에 사라지고 말았다.

"네가 내 남자친구란 사실을 자각하게 만들어 줘야겠네."

그렇게 말하며 조금 마른 입술을 혀로 핥아 적시는 선배의 사소한 행동 하나에 가슴이 두근댔다. 선배를 향한 두근거림이 예상치 않은 방향으로 가속했다.

"그러니, 오늘 나는 이렇게 붙어 있는 거로 참을게."

"그게 참은 건가요? 그보다, 이건 평소랑 똑같은 게 아닌가요……."

"달아올라도 키스 안 할 거니까 아예 달라."

"……그렇군요."

이러면 오히려 선배와 마음껏 꽁냥꽁냥 할 수 있지 않나? 그런 달콤한 상상을 떠올리며 나는 기대는 선배에게 어깨를 내주었다.

"선배…… 이거, 너무하지 않나요?"

"으응? 타카시 군에게 거부권이 있다고 생각해~?"

"……아무것도 아니에요."

선배에게 말도 없이 친구인 유와 고기를 먹고 술을 마신 것 때문에 나는 지금 벌을 받고 있다.

애인에게 과도하게 밀착당하는 독특한 벌을.

"후후후. 여유로운 것도 지금뿐일걸~? 그리고, 키스는 안 해 줄 거지만 그 외에는 해 줄 수도 있어~. 어떻게 할래? 저번에 본 야한 책에 있던 거라도 해 볼까?"

"이런 건 얼마든지 환영이에요! 오히려 선배야말로 키스하고 싶어지면 어쩌려고요?"

"괜찮아! 라고 단정 짓지는 못하겠지만, 네게 벌을 줄 수 있다면 참을 거야!"

"오히려 포상에 가까운데요, 이건."

평소처럼 소파 위에서 대화를 이어 나가는 나와 쿠레하 선배.

물론 벌을 받는 중이라 모든 게 평소와 같지는 않았다. 쿠레하 선배가 평소보다 짓궂고, 적극적이었다.

키스는 하지 않는다, 키스를 계속 참을 자신은 없다고 말하면서도 선배의 표정은 마치 지금 상황을 즐기는 것처럼 보였다. 감귤주의 여운이 남은 입술이 한층 더 돋보여서 상상보다도 몇 배나, 아니, 그 이상으로 가슴이 두근거렸다.

거기에 글래머러스한 몸을 팔과 가슴, 옆구리와 허벅지에 이래도 되나 싶을 정도로 밀착시키기까지. 몸을 밀착할수록 선배의 향기도 강하게 느껴졌다.

이런 상황이 벌이라고? 포상을 잘못 말한 거 아닌가?

"후훗……."

매혹적인 시선을 보내는 쿠레하 선배의 입꼬리가 올라갔다. 들켰겠지. 선배의 부드러움에 두근대고 있다는 것 정도는 벌써 꿰뚫어 봤겠지.

"언제까지 이걸 포상이라고 말할 수 있을까~?"

"언제까지고 말할 거예요! 저는 선배와 얼마든지 함께 있을 수 있으니까."

"말은 잘하네."

요염하게 웃는 쿠레하 선배. 진심으로 포상이라고 생각하고, 선배와 얼마든지 함께 있을 수 있다는 것도 진심이다. 언제까지고 이대로 안겨 있고 싶을 정도로.

하지만 선배의 행동은 예상을 벗어났다.

"그럼, 시작으로…… 이거라도 해 볼까?"

내 오른쪽 손목을 붙잡고는 그대로 자신의 옷 아래로 집어넣더니 따뜻하고 부드러운 '무언가' 사이에 끼워 넣었다.

순간, 선배가 무엇을 한 건지 파악하지 못했다. 옷 아래로 내 손을 집어넣고는 따뜻하고 부드러운 '무언가' 사이에 넣어서 대체 무엇을 하려는 건가.

하지만 눈앞의 광경을 보면 선배가 무엇을 하고 싶은지, 선배가 지금 내게 무엇을 하고 있는지, 자각할 수밖에 없었다.

선배가 내 오른팔을 옷 아래로 넣어 그 풍만한 가슴으로 감싸고 있단 사실을 자각하지 않을 수 없었다.

"잠깐, 쿠레하 선배……! 가슴에 손이 끼었……!"

"일부러 끼운 거야. 좋아하잖아? 손목을 이렇게 가슴으로 감싸는 거."

"……좋아한다니, 무슨 말을."

"솔직히 말 안 하면 이제 안 해 줄 건데~?"

"네, 좋아해요. 당하고 싶었어요!"

선배에게 무엇을 숨기든 결국 들키리란 사실을 깨달은 나는 싱겁게 지금 상황이 무척 행복하다고 자백했다. 그보다, 지금 눈앞의 광경이 끝나는 게 아까웠다.

오늘 선배의 복장은 내 생일 때와 같은 티셔츠에 데님 숏팬츠. 여전히 상의는 헐렁했고, 옷의 헐렁함과 평소에 내게 보여 주는 느긋한 분위기가 어우러졌다. 거기에 숏팬츠는 그렇지 않아도 강렬한 선배의 섹시함을 강조했다.

결국, 나는 극도의 행복에 몸을 맡기게 되었다.

눈으로는 광경을, 코로는 선배의 달콤한 향기를, 오른손으로는 선배의 부드러움을, 그 외 선배와 닿아 있는 몸 전체로는 선배와의 밀착감을 느끼느라 뇌가 행복으로 녹아드는 듯했다.

선배가 보관을 허락해 준 책 중에는 분명 가슴에 손목을 끼우고 이런저런 일을 하는 내용도 담겨 있었다. 그리고 책 속 인물을 쿠레하 선배로 대입해서 망상한 적도 있고.

하지만 그것을 실행할 용기는 내게 없었다. 최근까지만

해도 분명 놀림당하고 끝나리라고 생각했으니까. 선배와 첫 키스를 한 날까지는.

그렇기에 망상했던 것이 현실이 된 이 상황이 행복해서 참을 수 없었다. 그리고 그것을 쿠레하 선배가 직접 해 줬다는 것이 행복을 더욱 증가시켰다.

쿠레하 선배에게 이것은 아직 서장에 불과하단 사실을 나는 당연히 깨닫지도 못하고──.

놀리기 좋아하고 애태우기도 잘하고, 지금도 생각하는 것만으로도 그때의 복숭아주의 맛이 떠오를 정도로 농후한 키스를 하는 쿠레하 선배가 '내 팔을 자신의 가슴에 끼우는 것'만으로는 끝낼 리가 없었다.

그렇다고 해서 다음 전개를 예상했느냐 묻는다면, 대답은 '아니'다.

그도 그럴 것이.

"후훗. 솔직해서 좋네. 그럼 다음은…… 이거?"

"……으윽?!"

나는 선배의 계획대로 보기 좋게 놀라고 말았으니까.

[이거?]

그렇게 속삭이며 선배가 손에 든 것은 마시다 만 감귤주. 농후한 감귤의 향이 선배의 향과 섞여서 관능적으로 느껴졌다.

쿠레하 선배는 그 감귤주를 무려 가슴 사이에 낀 내 오른

손, 그 검지 위에 주룩 부었다.

자신이 흰 티셔츠를 입고 있다는 사실은 전혀 신경 쓰지도 않고…….

"음…… 쭙…… 흐음……."

신경 쓰기는커녕 감귤주가 묻은 내 손가락을 망설임 없이 핥기 시작하는 선배.

검지에 묻은 감귤주를 남김없이 맛보듯이 정성스럽게, 그러면서도 내게 보여 주듯이 외설스럽게 혀를 날름날름 가져다 댔다.

"선배——."

사랑하는 이가 집요하게 핥는 건 내 손가락인데도, 마치 다른 것으로 보여서 참을 수가 없었다. 결국, 선배를 부르려던 목소리가 막히고 말았다.

그녀의 가슴 사이로 팔이 나와 있으니까. 내 팔을, 다른 무언가로 치환해서 보고 말았으니까.

분명 평소엔 검지에 술이 묻는다고 관능적으로 느껴질 일은 없다. 다른 무언가로 보일 일도 없을 것이다. 흥분되는 마음이 쌓일 일도…….

"서, 선배…… 진짜로 이게 벌인가요……?"

"으응, 당연하지~? 제대~로 네가, 으음…… 쪼옥……, 괴로워지게 하는 벌이야~."

"벌이라기보다는 즐겁게 느껴지기만 하는데요……."

"그럼 좀 더 자극이 필요하려나~."

두 번째에야 겨우 목소리가 나온 나는 그대로 의문을 드러냈다. 너무나도 벌에서 멀리 떨어져 있는 이 상황을 확인하듯이.

하지만 확인해 봐도 선배의 대답은 변하지 않았다. 벌이란 점은 틀리지 않았다고 한다.

아직도 할짝할짝 혀로 희롱당하는 오른손 검지. 놀라움이 가라앉자 점점 감각이 예민해져서 선배의 혀 움직임이 검지를 경유하여 뇌로 전해져왔다.

그건 행복을 넘어선, 무의식적인 탐욕을 향한 자극임이 틀림없었다.

하지만 그때의 나는 그걸 눈치채지 못하고 '이런 좋은 경험을 놓칠 순 없지'라는 마음으로 눈앞의 광경에서 눈을 떼지 못했다.

"음…… 쭙, 쪼옵…… 으음~, 푸하. 음, 에헤헤헤……."

"선배…… 쿠레하 선배……! 역시 이거, 벌이 아닌 것 같은데요……!"

"으응? 아직 그런 소리를 한다는 건 자극이 부족하단 건가? 그럼, 좀 더 술을 보충해야겠네~."

"왜 그런 결론으로 이어지는데요!"

물소리를 내며 검지를 물고 빼내더니, 부족하다는 듯이 감귤주를 추가로 손가락 끝에 흘리고는 다시 음란하게 물기

시작했다.

점점 손가락뿐만 아니라 손등, 팔 전체가 감귤주와 다른 액체로 젖어 가도 선배는 신경도 쓰지 않았다. 그 행위로 흰 티셔츠가 더러워진다는 것을 알면서도 눈앞의 검지에 남다른 집착을 보였다.

아니, 티셔츠는 어찌 돼도 상관없는 거겠지. 실제로 아래를 보며 가슴 사이에 끼인 내 팔을 확인할 뿐, 티셔츠를 신경 쓰는 기색은 보이지 않았다.

오히려 나는 지금 그녀를 보며 복숭아주와 빼빼로 게임이 떠올랐다. 끊임없이 추가되는 과실주에 그것을 빨아들인 무언가. 지금은 그 무언가가 빼빼로에서 티셔츠와 팔로 바뀐 것뿐이다.

볼은 머리카락 색에 물들었는지 어렴풋한 핑크색. 입술도 술과 타액이 섞여 붉은색으로 반짝였다.

"으음~, 왜일까~? 타카시 군은 어떻게 생각해~?"

"어떻게 생각하냐니, 그러니까 이건 포상이라고 몇 번이나 말했잖아요."

"그럼, 전혀 안 참고 있단 거야~?"

"참다니 대……체……?!"

"아핫."

요염하게 웃는 애인에 의하여, 무의식적으로 쌓이고 있던 것을 자각하고 말았다.

그건 살아가면서 당연한 것이고, 언제 쌓여도 전혀 이상하지 않은 것. 또한 건강하고 건전한 사고를 지닌 남성이라면 더욱 쌓이기 쉬운 것.

즉, 성욕이었다.

아니. 잘 생각해 보면 당연한 일이다. 눈앞에서 사랑하는 사람이 뭔가 바라는 눈으로 제 손가락을 집요하게 핥고 무는데 흥분하는 마음이 쌓이지 않을 리가 없다.

손가락뿐만 아니라 좀 더 몸 전체로 사랑하는 사람에게, 사랑하는 쿠레하 선배에게 당하고 싶다. 그런 마음으로 쌓였던 것이 점점 변화했다.

하지만 물론 쿠레하 선배가 선언한 것을 잊은 건 아니다.

[키스는 안 할 거야.]

지금 생각하면 상당히 괴로운 일이다.

키스 이상의 것을 해 본 적 없는 내게, 이 상황은 반죽음이나 다름없었다. 넘어트리고 싶었다. 지금 당장 덮쳐서 선배의 당황한 표정을 보고 싶다.

쌓이고 쌓인 것들을 당장 해소하고 싶었다. 그러기 위해선 키스가 제일이다.

키스 이상을 부탁할 용기는, 지금의 나에겐 없으니까.

그러니 지금 나는 회피 수단을 취할 수밖에 없었다.

"저, 저기…… 선배……."

"으응~ 왜 그래~? 그렇게 얼굴이 새빨개져선. 아, 얼굴이 빨개진 건 껴안았을 때부터였지만."

"진지한 이야기니까 놀리는 건 잠깐 미뤄주세요……."

"엄청 괴로워 보이네~. 왜 그러는데~?"

걱정스러운 목소리와는 다르게 히죽거리는 쿠레하 선배. 마치 이 상황을 잘 알고 있다는 듯이.

그래도 내가 할 일은 달라지지 않는다. 도망갈 수단이 이 것밖에 떠오르지 않았으니까.

"잠깐, 화장실에 가고 싶어져서……."

"아―, 그렇구나. 화장실 말이지―."

"네…… 그러니까, 벌은 잠깐―."

"그런데 정말 화장실이 가고 싶은 거야?"

――설마 화장실이라는 도피처조차 막혀버릴 줄은 상상 도 못 했지만.

"그, 그게…… 그게 무슨 의미인가요……? 정말 화장실에 가고 싶냐니."

나는 쿠레하 선배의 가슴골에서 술과 선배의 타액투성이 가 된 오른팔을 빼며 소파에서 일어서려고 했으나, 선배가 아무렇지 않게 내뱉은 말에 다시 소파에 앉아야만 했다.

[정말 화장실이 가고 싶은 거야?]

선배의 태연한 질문. 걸리는 게 없었다면 이 질문에 '네.

화장실이요'라고 대답하고 끝났을 것이다.

하지만 지금 나는 그렇게 대답할 수 없었다. 그렇게 대답했다간 거짓말이니까.

거짓말은 하고 싶지 않고, 거짓말을 하면 분명 선배가 바로 알아챌 것이다.

그렇다고 해도 솔직히 밝히는 것도 꺼려졌다. 쿠레하 선배에게 성욕이 쌓였다는 사실을 전하게 되니까.

묘한 분위기 속, 나는 소파에 조심스럽게 앉아 선배의 표정을 살폈다.

오른손은 아직도 감귤주와 선배의 타액으로 조금 축축했다. 그걸 느끼며 왼쪽에 앉은 쿠레하 선배에게 힐끔 시선을 보냈다.

평소처럼 선명한 적발의 그늘에 가려진, 살짝 야한 표정을 지은 애인에게.

그러자 내 시선을 알아챘는지 선배는 의미심장하게 일부러 연기하기 시작했다.

"으음, 그래. 이건 어디까지나 내 여자로서의, 아니, 네 여자친구로서의 감인데 말이야."

"네, 네⋯⋯."

"너, 지금 화장실에서 빼고 오려는 거지?"

선배의 감은 멋지게 정답을 맞히며, 정확하게 정곡을 찔렀다.

113

정곡을 찔린 나는 동요를 숨길 수 없었다.

"아, 아뇨, 그…… 음료수를 엄청 마셨으니까……!"

나는 몸짓 손짓을 섞으며 어떻게든 선배의 감을 필사적으로 넘기려 했다.

물론 이런 것으로 했던 말을 주워 담을 정도로 쿠레하 선배는 무르지 않다.

"음료수도 있지만, 뭔~가 조금 다른 것 같단 말이지~. 타카시 군은 그에 대해 어떻게 생각해?"

"저는 딱히 위화감을 못 느끼겠는데요……?"

"그래? 정말로?"

"정말로요."

"그럼, 네 여기가 이상한 것뿐인가~?"

"그…… 그건……!"

자신의 아랫배를 과시하듯이 통통 두드리는 쿠레하 선배의 모습에, 일부러 의식하지 않으려 했던 하복부를 의식하고 말았다. 뜨겁고, 끓어오르는, 미쳐버릴 정도로 긴장한 내 하복부를.

한 번이라도 그곳을 의식하기 시작하면 더는 무시할 수 없다.

눈동자는 흔들리고, 선배의 부드러운 가슴과 매력적인 하복부, 거기에 무방비한 허벅지까지, 욕망에 충실한 것을 넘어 제어할 수가 없었다.

매력적인 선배에게 밀착되는 것뿐만 아니라, 부드러운 가슴골에 팔이 끼이고, 결국 손가락을 핥아지기까지 했다. 한계는 이미 넘었다.

그렇기에, 자각한 상태에서 당하는 거센 놀림은 오버킬에 가까웠다.

"어라~? 어라어라어라~? 왜 그렇게 동요해~? 설마, 정말 빼고 오려고~?"

"마, 만일…… 그렇다고 하면……?"

선배의 알기 쉬운 도발에도 올라타고 만다.

"으음, 어떻게 하면 좋을까~? 나 말고 다른 여자랑 술 마시러 간 남자친구인데~."

"윽……!"

선배의 티 나게 뒤끝을 담은 표현이 가슴을 쿡 찔렀다.

나의 오늘 행동이 선배에겐 그만큼 불쾌한 일이란 것이 아플 정도로 전해졌다.

그게 이성과 식사한 것 때문인지. 아니면 술 때문인지. 아직 정확히는 모르겠지만 어느 쪽이든 선배를 향한 배려가 크게 부족했단 점은 사실.

묵직하게 내려앉는 선배의 말은 너무나도 무거웠다. 그런데도 움직이기 시작한 선배는 나를 강하게 공격했다.

"왜 그래, 타카시 군. 설마 벌 받는 중이란 걸 까먹고, 화장실에 틀어박혀서 혼자 후련해질 생각은 아니었겠지? 귀엽고 귀여운 여자친구와의 알콩달콩한 시간을 버리고 혼자 해소하다니, 타카시 군은 그런 사람이 아니잖아?"

엄한 말과는 다르게 선배의 눈동자는 어쩐지 쓸쓸해 보였다. 평소처럼 공격을 퍼붓는 표정이 아닌, 응석 부리고 싶어 하는 표정.

동거 이야기가 나온 다음 날에 본, 첫 키스할 때의 사랑스러운 표정.

그런 표정을 마주하면 부정하는 데에도 각오가 필요했다.

"응? 대답해 봐, 타카시 군."

"……안 그래요. 제대로 마지막까지 벌을 받을게요. 선배가 납득할 때까지, 선배가 만족할 때까지, 안 도망칠게요."

선배를 슬프게 만든 사실로부터 도망쳐서는 안 된다고.

지금, 하복부에 느껴지는 아플 정도의 열은 선배를 슬프게 만든 결과라고.

선배의 기분이 나아질 때까지 마지막까지 고통을 계속 느끼자고.

그런 다양한 각오를 다진 나는 소파에 깊숙이 고쳐 앉았다. 그에 맞춰서 쿠레하 선배가 더욱 밀착——.

"그래? 그럼 네 말대로…… 하고 싶지만, 벌은 이 정도로 끝내 줄까."

"………네?"

하지 않았다.

의아하게 여기며 선배의 얼굴을 바라보자, 그곳에는 평소의 부드러운 웃음을 짓는 연인이 있었다.

"네 진지한 표정을 보니 좀 만족했어. 아, 역시 타카시 군은 멋있구나…… 싶어서. 그러니까 벌은 이제 끝! 지금부터는 평범하게 꽁냥꽁냥 할래!"

"그럼 절 용서해 주신 건가요……?"

"그렇지~."

헤헤 웃는 쿠레하 선배의 태도에 나는 온몸의 힘이 빠져나갔다.

선배에게 용서받았다.

그 사실이 너무나도 기뻐서, 안도하게 됐다.

그와 동시에 마음 깊숙한 곳에 각오를 맹세의 증표로서 새기기로 했다. 두 번 다시 선배를 슬프게 만들지 않겠다고, 강하게.

그리고 그런 내 마음을 다시 타이르듯이 선배로부터 괴로운 말이 날아왔다.

"아, 그래도 다음엔 이렇게 무르지 않을 거야! 다른 사람이랑 정말 식사가 하고 싶다면 반드시 나한테 연락해! 안 그러면 오늘보다 더한 괴로운 벌을 받게 될 테니까!"

"네, 네!"

"알았으면 화장실 다녀와도 돼. 너, 꽤 한계지?"

"──윽!!!"

아무렇지 않게 하복부 사정을 염려받은 나는 대답할 새도 없이 외치듯이 화장실로 뛰어갔다.

"……정말이지. 타카시 군은 싫어할 수가 없다니까."

화장실에 가느라 바빴던 내게는 선배의 입에서 나직이 흘러나온 말이 전해지지 않았다.

그 후, 화장실에서 후련하게 빼고 온 나는 그런 일을 마치고 난 뒤라 선배와 눈을 마주칠 수 없었다. 화장실에서 몇 번이나 머릿속으로 떠올렸던 쿠레하 선배와는…….

◇한담◇

"좀 너무했나?"

눈을 감으면 언뜻 기뻐 보이면서도, 괴로운 듯이 표정을 찡그리던 연인의 모습이. 나도 모르게 심술궂게 굴었더니 힘든 표정을 짓던 연인이 떠올랐다.

하지만 그렇더라도 그는 아슬아슬할 때까지 포상이라고 우겼다.

그런 말을 들으면 나도 질 수 없어서 좀 더 제대로 된 심술을 부리고 싶어진다.

그 결과가 혼자 거실에 남겨진 고독감이라고 생각하니,

미안한 기분이 들었지만.

분명 힘들었겠지. 내가 붙잡았을 땐 정말 당황했겠지. 참느라 상당히 괴로웠겠지.

하지만 미안해, 타카시 군. 조금. 아주 조금이라도 알아주길 바랐어.

"나도 아직 멀었다니까……."

네가 다른 여자애의 옆에 있는 것만으로도 엄청나게 가슴이 죄어드는 것 같아…….

설령 타카시 군의 교우관계를 좁게 만드는 마음이라도, 질투심이 이기고 말아……. 미안해, 타카시 군. 용서해 줘, 타카시 군…….

나, 네 생각보다 더 많이, 너를 진심으로 좋아해…….

"스으읍…… 하아아……."

숨을 골랐다. 타카시 군이 돌아올 때까지 조금이라도 기분을 진정시키지 않으면 분명 또 괴롭히고 말 것이다.

"타카시 군, 화 안 났으려나……."

쓱쓱…….

타카시 군이 방금까지 앉아 있던 곳을 몇 번이나 손바닥으로 쓸었다. 점점 온기가 사라지는 것을 느끼면서도 손을 떼어 놓을 수가 없었다. 떼고 싶지 않았다.

설령 타카시 군의 열의가 나를 향하지 않더라도, 계속 그의 곁에 있을 것이다.

이제 타카시 군이 없는 생활은 상상할 수 없다. 나는 완전히 타카시 군에게 중독됐다.

타카시 군만 생각하고, 타카시 군이 곤란해하는 표정을 보고 싶고, 그래도 미움받는 건 참을 수 없을 만큼 싫고, 이렇게 혼자 있는 시간은 불안에서 헤어 나올 수가 없었다.

타카시 군이 옆에 있을 땐 기분이 좋은데, 타카시 군과 떨어지자마자 불안한 생각이 엄습한다.

이런 생활을 한 지 벌써 1년이 지났다. 1년이 지나, 동거를 시작한 후 타카시 군 중독은 더욱 가속했다.

함께 있기 때문에 역으로 떨어지고 싶지 않은 마음이 커진다. 같은 집에 있다는 사실을 알면서도 그렇다.

"정말…… 이러면 안 되는데……."

풀썩…….

온기가 사라진 곳에 몸 전체를 눕혀 기댔다. 미약하게 짙은 남성의 향기가 났다.

아아, 정말로 참아 줬구나.

미안함과 동시에 느껴지는, 아슬아슬할 때까지 제대로 참아 준 그의 성실함.

"……후후. 타카시 군한텐 못 이기겠다니까."

심장이 뛰었다. 떨어져 있는데도 타카시 군이 느껴져서 심장의 고동이 빨라졌다.

아아, 심호흡으로 가라앉히자.

그렇게 생각하면서도 방금까지와는 다른 웃음을 짓는 내가 있었다.

"그렇게 됐으니까 타카시 군! 오늘은 칵테일바에 가자!!"

어느 날 저녁. 학교 수업을 마치고 나보다 한발 빠르게 집으로 돌아와 있던 선배가 뭔가 이상한 이야기를 꺼냈다. 웬만하면 밖에서 뭘 먹는 일이 없는 쿠레하 선배가 스스로 '칵테일바에 가자'라고 말한 것이다.

나는 무슨 꿍꿍이가 있는 게 아닌가 하며 자연스럽게 경계했다.

"어어, 뭐가 어떻게 된 건데요?"

나는 일단 놀림당할 각오로 방어 태세를 취했다.

언제까지고 선배에게 놀림만 당하고 있을 수는 없다. 조금이라도 반격해야 한다. 그런 생각을 하며.

하지만 아무래도 경계했던 건 쓸데없는 걱정이었는지, 진지한 눈으로 나를 바라보는 쿠레하 선배.

"그 후로 말이야, 나도 조금 생각해 봤거든. 어떻게 하면 타카시 군이랑 즐겁게 지낼 수 있을까 하고."

"……그 후로?"

"네가 친구랑 고기집에 바람피고 온 날부터 말이야."

쿠레하 선배의 입에서 툭 튀어나온, 바로 얼마 전의 내 실수. 쿠레하 선배가 곁에 있는데. 친구라고는 해도 이성과 함께 외식, 거기에 음주까지 해 버린 결코 해서는 안 되는 대실수.

그리고 원하지 않아도 떠오르는 그 후의 벌. 포상이 8할, 괴로움이 2할이었던 선배다운 자극적인 벌을.

지금 떠오르는 것만으로도 그때의 열이 되살아난다.

"그건 거절하기 어려웠단 걸 이해해 주셨잖아요! 유는 그냥 친구고 연애 감정은 전혀 없다고 설명도 했는데요?!"

떠오르는 감각을 떨치고자 선배의 말을 강하게 부정했다.

물론 그건 전적으로 내 잘못이었고, 그에 상응하는 벌도 받았지만 그것에 관해서는 할 말이 없다.

하지만 그 일을 다시 파헤치는 건 역시 너무하다.

나는 나름대로 결백을 주장했다. 선배 일편단심이란 것도 당연히 말했다.

그렇기에 선배가 '납득'했다고 생각했다. 설마 그것을 다시 파헤칠 줄은 상상도 못 했기에 당황한 목소리가 커지고 말았다.

하지만 이것도 또 쓸데없는 우려였다.

"응. 그건 물론 납득했지. 타카시 군이 나를 엄~청 좋아한다는 걸 알았으니까."

"그, 그건⋯⋯."

"아니야? 나, 안 좋아해?"

"⋯⋯좋아해요."

"나도 쑥스러워하는 네가 좋아~."

그렇게 말하며 헤헤 웃는 쿠레하 선배.

"선배는 또 그런 말을……!"

"으응?"

"아뇨. 즐거워 보인다고 생각했을 뿐이에요."

"응. 타카시 군이랑 함께 있으면 뭐든 다 즐거우니까~."

또 선배에게 놀림받아서 분한 마음이 끓어오른 나였지만, 볼을 빨갛게 물들이며 즐거워 보이는 여자친구의 모습을 보면 불만스러웠던 마음도 금세 사라졌다.

오히려 저번의 내 실수를 선배가 놀림감으로 승화했다면 그것대로 좋은 결말이 아닌가.

앞으론 선배를 슬프게 만들지 않겠다고 맹세했으니까.

"그래서, 방금 이야기랑 칵테일바가 무슨 연관이죠? 술이라면 집에서 마셔도 되지 않나요?"

지나간 이야기는 내 마음속에서 일단락되어서 드디어 본론으로 들어갔다.

선배가 우리 집에 온 이후로 점점 주방에 술이 많아졌다. 선배 취향의 달콤한 술과 기본적인 맥주, 그리고 와인. 어디 가서 '나 술 좀 마셔~'라고 주장하는 사람과 견줄 수 있을 정도로 술이 잔뜩 있다.

물론 그걸 주로 마시는 건 쿠레하 선배. 나는 가볍게 마실 뿐, 선배가 맛있게 술을 마시는 모습을 보는 것으로 충분했다.

그래서 이번 칵테일바에 가자는 제안에 조금 당황했다. 내가 술을 많이 마시지 않기 때문은 아니다. 술에 취한 선배를 다른 사람에게 보이기 싫기 때문이다.

그렇지 않아도 평소 선배는 이목을 끈다. 거기에 술에 취했다는 상태가 더해지면 좋은 먹잇감으로 보이겠지.

그런 건 피하고 싶었다. 최대한 선배에게 남자의 시선이 닿는 것을 피하고 싶고, 선배를 봐도 되는 건 나뿐이었으면 하는 소망도 있었다.

그러는 한편, 동거를 시작하고 지금까지 한 번도 해 본 적 없는 선배와의 밤 데이트. 그 매력을 거부하기 힘들다.

"그럼 나랑 밤 데이트 하기 싫어?"

"하고 싶어요."

"솔직하게 바로 대답하는 너도 좋아해."

"윽……."

싱긋 웃는 선배의 웃음을 보니, 내 생각이 들킨 듯했다. 선배는 그걸 알면서도 나를 곤란하게 만드는 선택지를 고르 겠지.

그게 쿠레하 선배니까. 나는 그런 선배를 좋아하니 아무 불만도 없지만.

"지금까지는 통금 시간이 있어서 밤까지 데이트 못 했잖아. 지금은 같은 집에 사니까 마음껏 밤에 데이트 할 수 있어~."

"동거는 바로 허락해 주셨는데 통금은 철저하셨죠."

"그야, 통금은 아빠가 정했는걸. 아무리 내가 귀엽다고 해도 스물이 넘었는데 밤 아홉 시까지는 귀가하라니 너무 엄하셨어."

몇 번이나 선배의 입으로 전해 들은 아버지의 엄격한 성향. 다른 사람의 험담을 하지 않는 선배가 유일이라고 할 정도로 강하게 싫은소리를 뱉는 상대. 그게 선배의 아버지였다.

선배가 힘들어했던 엄격함 중 하나가 통금. 대학생이 되었는데 밤 아홉 시 통금은 정말이지 심했다.

그래서인지 선배와 동거하기 전에도 수업 끝나고 데이트할 일은 거의 없었다.

아르바이트가 있는 날엔 예외적으로 통금 시간을 넘어도 되었지만, 그땐 알바가 끝나자마자 연락해야 한다는 감시 체제가 있었다고 한다…….

그래서, 동거하기 전에 한 연인다운 행동이라곤 가끔 동아리 활동이 시작하기 전에 손을 잡거나, 식당에서 대화하는 것 정도였다.

그런 선배가 내 생일 당일에 우리 집에서 외박을 했기에, 동거 이야기가 진심이란 것을 느낄 수 있었다.

"그래도 동거를 허락해 주셨다는 건 그만큼 선배의 열의가 전해졌단 거겠죠?"

"……으, 응. 그렇지. 아빠도 융통성이 있어서 다행이야."

"기회 있을 때 직접 인사드리러 가야겠네요."

"그러네. 기회가 있으면!"

어딘가 수상한 모습의 선배. 하지만 그것을 지적해도 될지 불안해졌다.

전해 듣기로는 선배의 아버지는 무척이나 엄격한데, 그런 사람 앞에서 내가 무례하게 비치지는 않을까.

선배는 그런 불안을 품은 나의 소맷자락을 잡아당겼다.

"그, 그보다 오늘은 차려입고 가자! 모처럼 칵테일바에 가는 거니까!"

"그, 그러네요! 벌써 긴장돼요!!"

우리는 각자 이런저런 생각을 하며 칵테일바로 갈 준비를 했다.

"타카시 군~, 기다렸지~!"

"괘, 괜찮아요! 전혀 안 기다렸어요!!"

"아하하. 내가 먼저 타카시 군을 역 앞으로 출발시켰으니까, 지금은 '기다리긴 했는데, 선배의 멋진 모습을 보니 기다린 보람이 있네요'라고 해도 되는데~?"

역 앞의 시계탑에서 기다린 지 30분. 검은 상의에 트임이 있는 회색 하이웨스트 스커트.

자주 입는 듯한 흰 카디건을 걸쳐 평소보다 화려한 차림의 쿠레하 선배가 내 앞에 나타났다.

그리고 무엇보다 긴 머리를 풀어 내린 낯선 연인의 더욱 긴장하게 된다. 목 부근의 시스루 원단이 긴장감을 더욱 고조시켰다.

평소의 무방비한 차림과는 다르게 조금 어른스러운 선배의 모습에, 나는 딱딱한 태도로 정석적인 멘트를 뱉었지만, 잘 생각해 보니 무의미한 말이었다. 애초에 같은 집에 살고, 내가 먼저 나온 건 선배도 알고 있으니까.

그래도 정석 멘트를 듣고 기뻤는지 선배는 싱긋 웃으며 내 머리를 상냥하게 쓰다듬었다.

평소와는 다른 헤어스타일의 선배지만, 알맹이는 역시 내가 사랑하고 사랑하는 쿠레하 선배였다.

"아, 아뇨…… 정말로. 선배가 어떤 복장으로 올까~ 생각하면서 기다렸더니 눈 깜짝할 새에 시간이 지났다고 해야 하나……."

"정말로~?"

"정말이라니까요! 선배, 센스 있고 뭐든 잘 어울리니까 각오해야겠다고……!"

"그래서, 각오할 만했어? 지금 내 옷."

"각오한 것 이상이네요."

"우훗, 다행이다! 오늘도 한판승!"

내가 선배의 센스를 기대하느라 얼마나 오래 기다렸는지는 그다지 신경 쓰이지 않았단 점, 그리고 선배의 센스가 내 상상 이상이었단 점을 전하자 쿠레하 선배가 매우 기쁜 얼굴로 웃었다.

그에 반해 내 복장은 어떠한가. 블랙 데님에 간단한 영어 로고가 들어간 흰 티셔츠에 무늬 없는 남색 외투. 심플하고 무난하지만 내 나름대로 충분히 멋낸 복장.

그래도 눈앞의 선배와 비교하면 부족한 점이 확실히 보여서 조금 자신이 사라졌다.

선배에게 어울리는 남자가 되려면 시간이 더 걸릴 듯하다.

매력적인 선배의 모습에 술렁거리는 역 앞의 인파 속에 있으니 싫어도 그런 생각이 든다.

그런 자기혐오에 빠져드는 상황에서 벗어나기 위해, 나는 선배에게 질문했다.

"그래서, 이제 어디로 가실 거예요? 간다는 칵테일바가 역 근처에 있어요?"

일단 이곳에서 벗어나자. 그러려면 역시 데이트를 시작하는 게 제일 좋은 방법이었다.

그렇게 생각했는데, 나는 큰 문제를 잊고 있었다.

"응. 조금 찾아가기 힘든 곳에 있긴 한데~. 숨어 있는 명소 느낌이라 꽤 괜찮아~."

"아, 그런데 돈이……."

"응? 돈이 왜?"

"저번에 고깃집에 다녀와서 현금이……. 알바비를 받기 전이라 좀……."

유와의 강제 외식 때 현금 대부분을 사용하고 만 것을 지금까지 잊고 있었다.

데이트 전에 지갑을 확인하거나 ATM에 들를 수도 있었으나, 공교롭게도 나는 선배가 어떤 복장으로 나타날지 생각하는 데에 집중하다가 지금에 이르렀다.

자동이체로 빠져나가는 금액을 제외하면 거의 잔금이 없는 지금 상황에선, 미리 떠올리더라도 어찌할 방법이 없었을지도 모르지만…….

선배도 이런 한심한 내 모습에 질렸겠지. 그런 생각으로 기다리고 있는데 생각지도 못한 대답이 돌아왔다.

"그건 걱정하지 마~. 타카시 군은 돈 걱정 없이 그냥 마셔도 돼~."

순간, 말뜻을 이해하지 못했다.

'걱정하지 마'? 대체 뭐를? 내게 질리는 일을? 아니면 다른 것을……?

'돈 걱정 없이'? 혹시 현금이 별로 없는 걸 처음부터 알고 있었나……?

등등, 다양한 억측이 머릿속에서 난무했다.

"……그, 그래도 얻어먹는 건 좀."

선배가 어떤 생각인지도 제대로 파악하지 않고, 첫 밤 데이트에 들떠서 얻어먹는 처지가 되어 버렸다.

물론 선배가 냉혈한이 아니란 점은 잘 안다. 오히려, 내가 선배를 슬프게 만들었는데도 잠깐 성욕 처리를 금지하는 정도로 용서하는 상냥한 여자친구다.

"쯧쯧쯧, 하나만 알고 둘을 모르네, 타카시 군."

"네?"

"나는 그냥 사주겠다고 한 적 없는데~? 물론, 오늘 결제는 내가 하겠지만, 공짜는 아니라구. 무슨 말인지, 아르바이트도 하는 타카시 군이라면 이해하겠지?"

"그만큼의 대가를 준비해라, 라는 건가요……?"

"그렇지. 역시 타카시 군. 잘 아네."

쿠레하 선배가 장난치기를 좋아하는, 다루기 힘든 사람이란 점도 잘 안다. 거기에 장난의 대상이 나뿐이란 점도.

아아, 이 얼마나 기쁜 일인가, 라고 생각하고 마는 내가 자랑스럽기까지 했다.

선배의 복장도 눈에 띄는 점이 있다.

평소 집 안에서는 가슴이 너무 파이거나 허벅지를 그대로 드러내는 차림이곤 했는데, 밖에서 데이트할 때는 꾸미면서도 제대로 가드를 세웠다.

일부러인지, 무의식적인지는 선배만이 알겠지만, 현재 선배의 무방비한 모습을 아는 건 나뿐.

이런 행복이 있을까. 나만이, 선배의 흐트러진 모습을 안다. 남자친구인 나뿐만이, 선배를 많이 알고 있다. 아무에게도 주지 않겠다. 선배를 잘 아는 건 나뿐이고, 선배에게 놀림당하는 것도 나뿐이었으면 한다.

그렇게 생각을 하자 자연스럽게 방금까지 느껴졌던 자기혐오가 사라졌다. 그와 동시에 조금이지만 자신감이 차올랐다.

기운을 차렸으니, 이 기회를 놓칠 수는 없었다. 나는 선배에게 가볍게 질문했다.

"그래서, 제가 뭘 하면 되죠? 일단은 제가 가능한 일로 부탁드려요."

"괜찮아. 타카시 군만 할 수 있는 일이니까."

선배가 싱긋 웃으며 대답한 다음 순간, 선배는 내 바로 옆으로 붙었다. 거기에 팔짱을 끼고, 손깍지까지.

"어어, 이건……?"

"오늘 하루, 집으로 돌아갈 때까지 이러고 있자."

자신감 넘쳤던 나는 눈 깜짝할 새에 사라졌다. 선배의 팔짱과 손깍지, 그리고 달콤한 목소리의 트리플 콤보에 의해 평소와 같은, 그저 놀림만 당하는 나로 돌아갔다…….

그래도 선배의 부드러움을 밖에서도 계속 느낄 수 있으니 좋은 일인가. 그런 생각을 할 수 있다는 게 바로 행복이 아닐까.

"도착~."

"뭐라고 해야 하나…… 정말 숨어 있는 느낌이네요……."

역 앞에서 출발하여 쿠레하 선배에게 안내받은 지 약 5분. 나와 선배는 어두운 골목길에서 묘한 네온사인 조명이 빛나는 작은 건물 앞에 도착했다.

건물 입구에 적혀 있는 여러 가게의 이름. 펍이나 메이드 카페 등 역 앞의 밝은 길에선 좀처럼 보기 힘든 간판 사이에, 목적지인 칵테일바의 이름이 있었다.

칵테일바의 이름은 '하이드'. 이름 그대로인 칵테일바라 나는 오히려 안심했다.

그런 나를 보고 쿠레하 선배는 기쁜 표정을 지으며 건물 안으로 나를 유도하기 시작했다. 역 앞부터 꼈던 팔짱과 손깍지는 유지한 채로.

"괜찮지, 여기? 숨겨진 맛집이라 휴일에 가끔 왔거든~."

"아, 수업이 있는 날은 통금 때문에 못 왔겠네요."

"그렇지~. 실은 그래서 다른 사람이랑 여기 오는 것도 처음이야~."

"……읏!"

3층에 있는 칵테일바로 향하기 위해 들어선 엘리베이터 안. 선배는 기습적으로 내 어깨에 얼굴을 툭 올려놓았다.

애인의 '처음'이라는 말이 더해져 나는 그저 몸과 마음을 떨기만 했다.

당연히 그런 모습이 쿠레하 선배에게는 좋은 놀림감이 되었고——.

"아, 두근거렸어?"

"아, 아니요!"

"손잡고 있어서 동요하는 게 잘 느껴지는데~?"

선배는 잡은 손에 힘을 줘서, 선배를 한층 더 인식하게 만들었다.

이런 스킨십을 당하면 선배의 얼굴을 보기가 어려워진다. 선배의 입술만 보게 되고, 대화에 집중하지 못하고 의식이 입술과 손을 왔다 갔다 할 테니까.

점점 욕구가 쌓이는 것도 시간문제. 그래서 자연스럽게 고개가 선배의 반대 방향을 향했다.

물론 내가 선배에게서 고개를 돌리는 걸, 선배가 그냥 둘리가 없다.

"고개 돌리기는~. 나도 두근두근하니까 안 부끄러워해도 되는데."

그러면서 선배는 빈손으로 내 턱을 잡아 천천히 내 고개를 정면으로 돌려놓았다.

다시 마주한 선배의 얼굴은 역시나 평소처럼 놀릴 때의 표정. 내 마음을 꿰뚫어 보고, 뒤흔들고, 애정을 증폭시키

S NOVEL

술, 그리고 선배와의 달콤한
동거 러브 코미디는 스무 살부터 1

©Kobaya J
Originally published by HOBBY JAPAN
Illustration Monoto

NOT FOR SALE

는 마성의 웃음.

아직 술은 마시지도 않았는데 선배의 입술이 촉촉이 젖어 있어서 선배의 마성을 더욱 짙게 만들었다.

선배의 마성은 싫지 않지만, 일방적으로 공격당하기만 하는 내가 싫었다. 반격의 실마리가 있다면 평소와 다르게 선배의 얼굴도 당당히 볼 수 있다.

지금도, 그렇다.

"……정말인가요? 선배도 두근거린다는 거."

"물론이지. 의심되면 확인해 볼래?"

"확인하다니, 어떻게요?"

선배의 약점을 파고들어 보자. 그런 속셈으로 반격을 시도했다.

"그야, 물론, 내 가슴 위에 네 손바닥을 올리고 확인하면 되지?"

"그건…… 으윽!"

"아하하, 농담이야~. 두근두근했지?"

"그야 당연하죠…… 심장에 안 좋다니까요……."

"솔직하게 '두근두근했다'라고 말하면 되는데 고개 돌리면서 도망치려고 하니까 그렇지~."

"그건, 죄송해요."

"알았으면 됐어. 알았으면. 솔직하게 말 안 하면 진짜 해 버린다~?"

"다음엔 제대로 말할게요! 그러니까 그…… 팔에 가슴 밀어붙이지 마세요! 두…… 두근거리니까요!!"

"응. 솔직한 게 제일 좋아. 포상으로 좀 더 닿게 해줄까?"

"안 돼요!!"

"쳇~."

뭐, 결국 평소처럼 내가 반격당하고 말았지만.

그러는 동안 엘리베이터는 3층에 도착했고, 나의 첫 칵테일바 경험이 시작되었다.

"일단, 달달하고 마시기 쉬운 칵테일로 두 개 부탁드려요."

"알겠습니다."

바로 카운터석에 앉은 나와 선배. 메뉴를 보지 않고 우선 달콤한 술을 주문하는 선배의 모습에서 어른스러움이 느껴졌다.

"……익숙하시네요."

"그야 달에 두 번은 왔으니까~. 그래도 칵테일 종류는 외우기 힘들어서 항상 취향만 말하고 마스터한테 맡기기만 했지."

"어른 여성이란 느낌이 나서 좋은 것 같아요."

"그래? 그럼 칵테일 이름은 굳이 안 외워도 되려나~."

"……좋아하는 칵테일 정도는 외우는 게 좋지 않을까요?"

헤헤 웃으며 느긋한 말투로 '칵테일은 모르겠어' 선언을
하는 선배에게 나는 평소처럼 혀를 내둘렀다.

복장이나 행동은 어른스러운데 말하는 내용은 반대로 아
이 같다. 그런 갭이 느껴지는 선배에게 어이가 없으면서도,
두근거리는 건 어떤 모습이라도 좋아하기 때문이겠지.

그리고 그것을 칵테일바 특유의 조용하고 비밀스러운 분
위기가 증폭시켰다.

"그럼 네가 오늘 외워서 나한테 알려 줘."

"제가, 말인가요?"

"앞으로는 너랑 같이 있을 때만 오기로 마음먹었으니까."

선배가 말한 직후에 피치 칵테일, 퍼지 네이블이 조용히
카운터에 놓였다.

짠 하고 잔을 부딪친 후 마신 첫 칵테일은 상상 이상으로
달콤해서…… 문득, 선배와 술을 마시며 나눴던 깊은 키스
가 떠올랐다.

──그러고 보니 그땐 같이 복숭아주를 마셨었지…….

마음속으로 그런 말을 중얼거리며 나는 다시 달콤한 칵테
일을 입으로 가져갔다.

"다음은, 저는 피치 피즈, 옆의 그이에겐 카시스 오렌지
로 부탁드려요."

"알겠습니다."

눈 깜짝할 새에 농후한 피치 칵테일, 퍼지 네이블을 마신 나와 쿠레하 선배.

얼마 전, 복숭아주 맛이 나는 키스를 떠올리고 조금 달아오른 나와 다르게 평소에도 술을 자주 마시는 선배는 아무렇지 않게 다음 술을 주문했다.

선배는 연이어서 피치 베이스의 칵테일, 나는 어딘가에서 들어본 적 있는 이름의 오렌지 칵테일. 솔직히 어떤 칵테일인지 잘 몰랐지만, 지금 이 순간 그건 전혀 상관없었다.

'옆의 그이.'

선배가 아무렇지 않게 꺼낸 말에 두근거릴 수밖에 없었으니까.

남자친구를 칭하는 '그이'일까, 아니면 그저 3인칭인 '그'일까……. 전자였으면 좋겠다…….

욕심 섞인 생각을 하면서 아직도 이어져 있는 선배의 손을 꼭 쥐었다. 불안한 마음을 그대로 전하기 위해.

"저기…… 선배? 그렇게 빠른 페이스로 마셔도 괜찮나요? 술은 그게……."

"가격을 걱정하는 거야? 그건 걱정 말라니까."

"그렇게 말해도 여전히 불안한데요."

"아하하~, 타카시 군은 상냥하다니까~."

"놀릴 때인가요……."

칵테일바에 들어온 지 10분. 내 잔엔 아직 반이 남았고 선배의 잔은 벌써 텅 비었다.

아무리 달콤한 술을 좋아한다고 해도 오늘은 집이 아니라 칵테일바. 마시면 마시는 대로 가격이 천정부지로 올라가는 곳.

그런데 이렇게 빠른 주문이라니. 들어오기 전에 '돈 걱정은 안 해도 돼~'라는 말을 듣긴 했지만, 역시 걱정이 된다.

그런데도 강하게 쥔 내 손을 상냥하게 쓰다듬으며 애정 담긴 눈으로 나를 바라보는 쿠레하 선배.

어째서 이렇게 여유로운 건지, 나는 몰랐다.

"괜찮다니까. 네가 생각하는 일은 없어."

"그렇다면 다행이지만……."

"그래도, 걱정돼서 나한테 집중하기 어려우면 스포일러 해 줄까~."

애인의 평온한 눈을 보고도 불안에 쫓기는 나를 보다 못한 선배는 카운터석에 엎어진 채로 놓여 있던 메뉴판을 내게 건넸다. 그곳에는 '대학생 한정! 칵테일 무제한 2천 엔!'이라는 문자가.

"어, 무제한 2천 엔이라니…… 칵테일이?!"

"응. 놀랐어?"

"그냥 놀랄만한 일이 아니잖아요! 게다가 이거, 제한 시간도 안 적혀 있는 것 같은데……."

"그야 제한 시간은 없으니까. 조금이라도 입소문이 나길 바라서 사장님이 그렇게 정했어. 뭐, 결국 보다시피 뒷골목이라 손님이 별로 없지만 말이야."

놀라고 끝날 일이 아니었다. 제한 시간 없이 무제한. 평범한 술보다, 만드는 데 수고가 드는 칵테일을 단 2천 엔으로 만족할 때까지 맛볼 수 있다. 게다가 칵테일뿐만 아니라 맥주나 일본주도 무제한. 사장님이 미친 게 아닐까 의심될 정도다.

손님을 끌어모으기 위해서라지만, 술 마니아에게는 이보다 더 좋은 곳이 없을 테지.

현실은 뒷골목에 위치한 것과, 묘한 네온사인 탓인지 손님은 거의 없지만…….

"기다리셨습니다. 피치 피즈와 카시스 오렌지입니다. 계속해서 천천히 즐겨 주세요."

그런 대화를 나누는 사이에 선배가 주문한 술이 나왔다. 나는 잔에 남은 퍼지 네이블을 단숨에 들이마시고 선배의 빈 잔과 함께 건넸다.

그런 내 행동을 본 선배는 만족스럽게 입을 열었다.

"자, 이제 돈 걱정은 없지?"

달콤한 술이라 해도 술은 술. 조금 전까지 차분했던 머리가 조금 들뜨기 시작했다.

그와 동시에 아주 조금, 의욕이 났다.

"그러네요."

"그럼 나랑 같이 술에 몰두해 볼까~? 처음으로 너랑 온 거니까. 아주 느긋~하게 술에 취하면서 행복하게 보내고 싶어."

"저, 저도…… 선배랑 천천히 술을 즐기고 싶어요!"

"후훗. 말은 잘하네. 두근거리고 있으면서."

"선배도 마찬가지로 두근거리죠?"

평소처럼 맞장구를 치면서도 아무렇지 않게 선배의 놀림을 받아치는 나.

딱히 평소처럼 반격하려고 노린 게 아니라, 무의식적으로 받아졌다.

팔짱 낀 팔에 느껴지는 선배의 부드러운 몸. 의도적으로 나를 흥분시키려는 선배의 상투적인 수단.

하지만 아무리 선배라고 해도 카운터를 맞고 평소처럼 의연히 넘길 순 없었는지 귀가 조금 빨개졌다.

그게 취해서 붉어진 게 아니란 것을 나는 잘 알고 있다. 선배가 취했을 땐 볼이 빨개질 뿐이라고.

즉, 지금 선배의 귀가 빨간 건 부끄러워한다는 증거.

하지만 나는 방심했다.

"그건 당연하잖아. ……이렇게 손 잡는 거 계속 기대하고 있었거든."

"선배……."

선배가 그저 당하고만 있을 사람은 아니라고.

나는 무의식적으로 앞에 놓인 카시스 오렌지를 한 모금 마셨다. ……빨갛게 물들이고서, 승리의 눈을 한 쿠레하 선배에게서 고개를 돌리기 위해.

"아, 쑥스러워서 술 마시는 것 봐~."

"딱히 쑥스러운 건 아니거든요! 이건 그, 어떤 맛인지 궁금해서 한 모금 마셔본 것뿐이에요!!"

"그럼 어떤 맛인지 알려줘."

"그게……."

"이것 봐. 말 못 하잖아."

말할 수 있을 리가 없다. 그저 얼굴을 볼 수 없어서……그 구실이 필요해서 입에 머금은 것뿐이니까. 입에 머금었던 카시스 오렌지는 눈 깜짝할 새에 목구멍을 지나가 취기를 가속할 뿐이었다.

그렇다고 선배가, 승리를 확신한 쿠레하 선배가 공격을 멈출 리가 없었다.

"아아~, 취하면 조금은 솔직해질 줄 알았는데~. 역시 가슴으로 알려 줄 수밖에 없나~?"

그렇게 말하며 쥔 손을 천천히 노출을 자제한 가슴팍으로 가져갔다. 노출이 적은 복장 안에는 부드러운 굴곡이 있다는 점을 나는 알고 있다. 알아 버리고 말았다.

그 사이에 손목이 끌려 들어가, 부드럽게 끼인 채로 손가

143

락을 빨렸던 그날에.

의식하지 않아도 떠오르는 그때의 감각. 그리고 하나 더 쌓이는 이상야릇한 감각. 그것들을 지우기 위해 나는 본심을 털어놓았다.

"마, 맞아요! 쑥스러워서 그랬어요! 선배랑 이렇게 손잡고 데이트하고 싶었고, 밤에 느긋한 시간을 보내고 싶어서, 지금 이 순간이 최고로 즐거워서 미치겠어요!!"

본심을 꺼내고 나니 왠지 후련해졌다.

"우후후, 기뻐라~. 그런 말을 들으면 좀 더 놀리고 싶어지는데."

선배의 장난스러운 웃음과, 카운터 테이블 위에 놓인 깍지 낀 부드러운 손.

퍼지 네이블로 코팅되어 향기가 나는 입술에, 은근히 닿는 허리.

어둡고 어른스러운 분위기가 풍기는 공간에 나는 이미 빠지고 말았다.

"……좋아요. 잔뜩, 선배가 만족할 때까지 놀려 주세요."

취기에 몸을 맡기면 어떻게 될까…….

그런 생각을 하며 늪 같은 사고에 빠져들었다.

"오늘은 선배의 장난감이 되어도 좋아요."

기념할 만한 칵테일바 데뷔일에도 선배에게 이기지 못한다는 사실을 인정하며.

"자, 입 벌려 봐~."

"아, 네……."

"조금 강하니까 조심해서 마셔~."

"네, 네……!"

"그럼, 꿀꺽."

"……음, 후우……. 시긴 해도, 잘 넘어가는데요……."

취기에 몸을 맡긴 채로 벌써 3잔째. 선배의 주문대로 술을 마시던 나는 결국 선배가 입가에 잔을 가져다주는 족족 마실 만큼 취하고 말았다.

술을 받아 마시는 행위에 아무런 위화감도 없었고, 그저 입안에 퍼지는 술의 풍미를 느끼고 반응하는 것이 지금 내가 할 일이란 생각뿐이었다.

지금, 입에 머금은 팔삭주를 목 안으로 흘려 넣는 사이에도 그 생각은 변하지 않았다.

"잘한다, 잘한다. 착하지~."

"선배가 기뻐하는 일이라면 뭐든 할게요……!"

선배가 머리를 상냥하게 쓰다듬어 준다. 그게 최고의 상이었고 '이대로 취한 채로 있는 것도 좋겠다'라는 생각까지 들게 했다.

옆구리에는 여전히 착 달라붙어 있는 쿠레하 선배의 부드러움이.

"우후후. 기분 좋게 취했나 보네~. 덩달아서 나도 취해 버렸어."

"선배는 취하면 꼬물거리네요. 술버릇이 조금 특이해서 선배다워요."

"굳이 말하자면 네가 훨씬 많이 취했는데~?"

"저는 선배가 어떤 모습이든 좋으니까, 좀 더 하셔도 괜찮은데요?"

"……읏!"

몽롱한 얼굴로 바라보는 쿠레하 선배는 왠지 여유가 없어서, 평소처럼 놀리고 싶이 히는 표정을 보이지도 않았다.

귀를 물들이던 빨간색이 볼까지 침식했고, 손바닥으로 느껴지는 선배의 체온이 조금 높아졌다.

농밀하게 얽힌 손가락을 꿈질꿈질 움직이는 게, 마치 빠져나가려는 것처럼 보이기도 했다.

고개를 피하는 기색은 없었지만, 어딘가로 의식을 돌리려는 모습. 그런 선배의 수상한 행동은 내 기억에도 있었다.

"아, 아하하…… 이거 참, 곤란하네…….."

빈손으로 목덜미를 긁적거리는 쿠레하 선배. 입꼬리는 말과 다르게 길게 늘어져 있었다.

즉, 그런 거겠지.

"……선배? 혹시, 부끄러우신 건가요~? 평소엔 놀리기만 하던 선배가 정말로 부끄러워하는 건가요~?"

선배를 공격할 구실을 찾은 나는 취기에 몸을 맡기면서도 평소 받아온 놀림을 갚으려고 했다. 그 결과, 감정의 억제가 풀리고 말았지만.

"그래. 타카시 군 말대로 부끄러워. 역시 술은 조심히 마셔야겠네. 기쁜 걸 숨기려고 해도 술을 마시면 그게 잘 숨겨지지 않아."

"기쁜데 숨기려고 저를 놀리는 것도 이상하지 않나요~?"

"그래도 너는 그거로도 기뻐하잖아."

"저도 솔직한 선배가 보고 싶다고요~!"

"너는 술을 마시면 너무 솔직해지네. 뭐, 그런 타카시 군도 좋아하지만 말이야~."

"저도 선배를 좋아해요."

"나도 알아."

술에 삼켜져도, 언제나 숨겨 왔던 감정을 숨길 수 없게 되어도, 내가 과하게 들떠도, 선배는 냉정했다.

그에 반해 나는 제대로 감정을 제어하지 못하고 생각을 바로 입으로 꺼내 버린다. 놀림당하기보다는 솔직한 선배가 보고 싶다는 것. 그리고 무엇보다 선배를 정말 좋아한다는 것을.

언제나 좋아한다고 말하지만, 그게 잘 전해지지 않는 것 같아 불안하다. 내 애정이 'like'로 받아들여지는 게 아닌지 불안해진다.

동거를 시작하고도 그 불안은 좀처럼 줄어들지 않았다.

선배가 나와 사귀는 이유는, 아직도 잘 모른다. '너를 놀리는 게 좋으니까'. 그런 말을 들어도 정확히 이해가 되지 않는다.

그럼 놀리지 않을 땐 어떤 마음일까. 지금, 이 순간, 날 놀리지 않을 때도 나를 좋아하는 걸까.

선배를 좋아하는 감정과 함께 불안한 감정이 제어에서 벗어났다.

그래도 선배에게 부정적인 면을 보이지 않는 건 선배에게 미움받고 싶지 않기 때문이나.

선배가 나를 어떤 식으로 생각하더라도 미워하지만 않는다면 그걸로 만족하니까.

그런 생각을 하고 있으니 선배가 천천히 손을 들었다.

"저기, 다음은 이거로 주세요."

"……알겠습니다. 잠시 기다려 주세요."

지금까지와는 다르게 메뉴판을 가리키며 뭔가를 주문하는 쿠레하 선배. 기분 탓인지 어딘가 조금 전보다 선배의 체온이 더 높게 느껴졌다.

"이번엔 뭘 주문한 건가요~? 역시 달달한 술인가요~?"

"응. 달달한 술이야."

"정말 좋아하시네요~."

"응. 달달한 거 좋아해."

장난스럽게 선배에게 주문 내용을 물어보자 대답이 조금 일관적이었다. 물어본 질문을 그대로 긍정하는 것뿐.

여러모로 살피며 놀림감을 찾는 선배의 모습은 보이지 않았다.

"그러니까, 같이 마시자."

"같이……?"

눈앞에 있는 건 그저 달콤한 술에 취한 연상의 애인.

짙은 적발을 옆으로 묶고, 속마음을 알 수 없는 웃음으로 내 마음을 흔드는, 사랑하는 이.

그런 사람과 내 사이에 놓인 것은 단 한 잔의 술.

"기다리셨습니다. 깔루아 밀크와 커플 빨대입니다."

하트 모양으로 곡선을 그리는 두 개의 빨대가 꽂힌, 달콤하고 마시기 쉬워 레이디 킬러로 유명한 술.

이번 표적은 남자인 내가 되겠지만——.

"선배애…… 머리가 몽롱해요……."

"그야 술을 잔뜩 마셨으니까~."

"그래도 이상하게 선배랑 함께라면 더 마실 수 있을 것 같아요오……."

"마시기 편해도 도수가 높으니까 조심해야 해~? 라고 지금 말해 봤자 소용없나. 이미 많이 마셨고."

"선배가 좋아하는 맛, 더 알고 싶은데에……."

"무리는 하지 마~."

깔루아 밀크. 그건 부담 없는 맛과 다르게 도수가 상당히 높은 술. 맥주나 과실주와는 다르게 술 특유의 씁쓸한 맛이나 향이 매우 적은 탓에 여러모로 나쁜 생각을 지닌 남자가 악용한 결과, 여성을 취하게 만들어 쓰러트리는 술이라며 흔히 레이디 킬러로 알려져 있다.

물론 지금 만취한 건 남자인 나지만.

옆에 있는 쿠레하 선배는 마치 교활한 표범 같았다. 사냥감의 기분을 좋게 만들어서 조금씩 사냥할 기회를 노린다.

쿠레하 선배와 데이트한다는 사실만으로도 처음부터 기분은 최고조. 거기에 계속해서 팔에 느껴지는 쿠레하 선배의 부드러움. 그리고 그때 키스를 떠올리게 하는 달콤한 술.

선배에게 사냥당하기에는 충분하고도 넘치는 조건이 갖춰졌다.

그런 상황인데도 나는 전혀 불안한 기분이 들지 않았다.

그뿐만 아니라 빨리 선배가 마음대로 해줬으면 좋겠다는 마음마저 들었다.

유와의 외식 사건으로 불편했던 마음을 이곳에서 발산할 수 있다면. 전부 발산하지 못하더라도 선배가 편해지기만 한다면…….

완전히 녹아내린 머리가 더욱 무너져 내렸다. 그러던 와중, 익숙한 목소리가 뒤에서 들려왔다.

"저기, 괜찮으신가요? 엥, 타카시잖아! 이렇게 취할 때까지 뭐 한 거야, 너."

"어라…… 유. 왜 이런 데 있어……?"

"그야 여기에서 알바 하니까. 완전히 취해 버린 러브러브 대학생 커플 손님한테 술 좀 깨시라고 물 가져다드릴 겸 얼굴이라도 볼까 했는데 말이야."

"너다워서 뭐라 할 말이 없네. 덕분에 조금 술이 깼어……."

"그냥 아예 깨 버려. 친구가 애인이랑 꽁냥꽁냥 하는 모습은 꼴 보기 싫거든."

익숙한 상남자 말투. 취한 머리를 천천히 움직여 뒤를 돌아보니 그곳엔 평소 입는 후드 위에 앞치마를 걸친 친구, 소노다 유의 모습이 있었다.

손님 앞인데도 전혀 개의치 않고 학교에서 대화하듯 비난을 퍼붓는다.

그러자 점점 머리가 차가워지기 시작했다. 이건 분명 '쿠레하 선배와 둘만의 공간'이 아니게 되었기 때문이겠지.

나와 쿠레하 선배 사이를 아무도 방해하지 않는다. 무의식중에 있던 그 안심감이 취기를 가속시켰을지도 모른다.

그러자 방금까지 신경 쓰이지 않았던 점이 갑자기 신경 쓰였다.

예를 들면 유의 복장.

쿠레하 선배가 자주 다니던 칵테일바가 유의 알바처인 것도 놀랐지만, 후드를 벗지 않고, 거기에 웨이트리스 복장조차 아닌 점이 너무나도 신경 쓰였다.

내가 그런 점을 신경 쓰는 줄은 생각도 못 했겠지. 어이없다는 듯이 웃으며 이곳에서 떠날 기미가 보이지 않았다.

"저, 저기…… 타카시 군이랑은 대체 어떤……."

인내심의 한계가 찾아왔는지 떨떠름한 표정으로 유에게 말을 걸며 견제하는 선배.

쿠레하 선배도 지금은 단둘이 있기를 바랄 것이다. 그런 식으로 느껴졌다.

하지만 유에게는 선배의 의도가 전해지지 않은 것 같다.

"아, 이 바보 녀석의 여자친구분이신가요?"

"아, 으응."

"저번엔 이 녀석을 독점해서 죄송해요. 이 녀석만 잘 지내는 게 좀 짜증 나서 화풀이 겸 고깃집으로 끌고 갔거든요."

"괜찮아. 타카시 군한테 사정은 들었으니까."

얼추 대화가 마무리되었는데도 유는 떠날 기색이 없었다.

그뿐만 아니라 흘끔거리며 나와 쿠레하 선배를 번갈아 보는 게, 뭔가 감정하는 느낌이 들어서 기분이 별로 좋지 않았다.

느낀 점은 달라도 쿠레하 선배도 비슷한 기분인 듯했다.

"그런데, 후드는 안 벗는 거야? 일단 지금은 접객 시간인 것 같은데."

그렇게 말하며 불편함을 드러내는 내 옆의 연인. 그러자 선배의 말이 통한 걸까.

"좀 이런저런 일이 있어서 벗고 싶지 않아서요. 손님들 보시기 안 좋겠지만 평소엔 뒤쪽에서 일하니까 양해해 주세요."

사과를 입에 담으면서도 후드를 더 깊게 눌러쓰는 유. 마치 맨얼굴을 보여 주기 싫은 것처럼.

그런 모습을 보고 쿠레하 선배는 무언가 느낀 모양이었다.

"그래? 너도 고민이 있나 보네."

"……'도'?"

"아냐. 개인적인 이야기였어. 슬슬 돌아가자. 결제 좀 부탁해."

갑자기 일어서더니 돌아갈 준비를 하는 쿠레하 선배.

서둘러 나도 돌아가기 위해 준비했다. 술이 깬 지금 상황에서 술을 더 마시고 싶은 기분은 들지 않았다.

"아, 결제는 괜찮아요. 이번엔 친구가 왔다고 점장이 서비스로 해 주셔서요."

"아, 아니, 그래도……!"

"저번에 타카시 경유로 폐를 끼쳤으니까 사과의 의미로요. 그보다, 그러지 않으면 제 마음이 불편할 것 같아서요."

"그, 그럼…… 사양하지 않고 서비스로 부탁할게……."

"그래 주시면 감사하죠!"

어느샌가 친근하게 대화하는 연인과 친구를 보며 나는 조금 찜찜한 기분이 들었다.

◇한담◇

"……설마 본인을 만날 줄은 상상도 못 했어."

타카시 군과 칵테일바에 가게 된 원인인 여자애를 우연히 만날 줄은 생각도 못 했다. 그것도 설마 자주 가던 가게에서. 이게 무슨 우연인지.

게다가 나와 비슷하게 고민이 있어 보였다. 물론 사정은 사람마다 다르다. 나는 알 수 없는 이유가 있을 것이다.

"어디서 제대로 한번 대화해 봤으면 좋겠네. 타카시 군 이야기도 좋고."

나는 그녀가, 유가 마음에 들고 말았다.

확실히 첫인상은 그다지 좋지 않았다. 그야 당연하잖아? 일하면서 파카 후드를 뒤집어쓰고 있는 건 좀 일반적이지 않으니까.

하지만 가게 측에서 그녀의 차림을 용인했다면 내가 뭐라

할 필요는 없지.

오히려 그렇게까지 후드를 고집하는 그녀의 심정이 너무나도 알고 싶어졌다.

"유는 뭘 좋아하려나."

좋아하는 것. 싫어하는 것. 그리고 어떻게 타카시 군과 친해졌는지.

그녀의 다양한 점을 알고 싶어졌다.

타카시 군의 친구라서, 알고 싶어서 참을 수 없었다.

"타카시 군이 어떤 취향인지 더 알아볼 수 있을지도 모르겠어."

내 속마음을 안다면 분명 다들 기분 나쁘다고 하겠지. 멀어지려 하겠지. 나에 대해서 알지도 못하고, 나를 표면적으로밖에 모르면서.

그런 사람은 나도 신경 쓰지 않기로 했다. 그보다, 안중에도 없다.

내게는 타카시 군만 있으면 되니까.

칵테일바의 화장실에서 화장을 고치며 조용히 마음을 다잡는 나였다.

"저기, 칵테일바에서 만난 유는 어떤 애야?"

"……그건 갑자기 왜 물어보세요?"

"으음~, 조금 신경 쓰여서."

"그런가요……."

정오를 조금 지난 시각. 내가 입으로 가져가는 것은 선배가 직접 끓인 재첩 된장국. 해장에 좋은 재첩 성분을 듬뿍 섭취하며 기분 좋아 보이는 쿠레하 선배를 마주하는 칵테일바 데이트의 다음 날.

머리는 징 울리고, 컨디션은 최악. 술을 너무 많이 마신 탓에 기분도 가라앉았다.

그에 반해 쿠레하 선배는 그렇게 마셨는데도 상쾌해 보였다. 낮까지 늦잠을 자던 나와 다르게 평소대로 일어나서 과제를 마치고는 점심을 준비해 줬다.

그야말로 절호조인 쿠레하 선배는 어째서인지 유에게 관심을 보였다. 칵테일바에서 만났을 때 대화를 나눴던 것 같긴 한데, 내용까지는 잘 기억나지 않았다. 솔직히 언제 집에 돌아왔는지도 잘 모르겠다.

그보다 유가 칵테일바에서 일한다는 사실을 어제 처음 알았다. 그녀는 접객 중인데도 후드를 벗지 않았다. 분명 그녀가 말한 것처럼 뒤쪽에서 일하기 때문이겠지.

　말을 걸었을 땐 접객용 말투였기에 나름대로 일은 제대로 하는 것처럼 보였다.

　그 직후에 나라는 것을 알아채고 평소의 남자같은 말투로 바뀌어서 쿠레하 선배를 불편하게 만든 것 같지만…….

　선배는 그런 내 친구의 무엇을 알고 싶은 걸까. 일말의 불안을 품으며 선배의 얼굴을 살피고 있자 조금 가시가 있는 말투로 질문이 날아왔다.

　"그래서, 어떤 애야? 친하지? 그 애랑."

　"친하다라고 하기보다, 학교에서 같이 다니는 게 유뿐이에요."

　"어머. 그건 좀 외롭겠네."

　"그러니 유가 말을 안 걸어 줬다면, 적어도 선배랑 만날 때 말고는 외로운 대학 생활을 보냈겠죠."

　"흐음~……."

　선배의 앞에서 숨길 생각 없는 나는 사실 그대로를 전달했다. 선배에게라면 전부 알려 줘도 된다고 항상 생각했던 것처럼.

　"유는 이성이라기보단 남자 친구 같은 거죠. 저번에 침대 뒤에 있던 것도 유랑 같이 세운 거예요."

　괜한 말을 꺼낸 것도 선배 앞이어서겠지. 선배 앞에서는 나도 모르게 책잡힐 만한 말을 꺼내고 만다.

'실수했다.'

그걸 깨닫는 건 이미 선배가 놀릴 준비를 마친 후가 대부분. 이번에도 예외는 없었다.

"침대 뒤에 있던 거라니, 야한 책을 잔뜩 숨겨 뒀던 그거?"

"맞, 아요…….."

"왜 그래~? 목소리가 작은데~? 혹시 그때 일 아직도 신경 쓰는 거야~?"

"그, 그거야…….."

분명 내가 말하지 않았다면 자연스럽게 잊혔을 침대 뒤의 야한 책. 그리고 그것을 숨기기 위한 공작. 그것들이 선배에게 불을 붙인 거겠지.

탐색하는 듯한 말투에서 점점 평소 상태로 돌아가는 장난스러운 얼굴의 연인.

조금 전까지 잊고 있었겠지. 처음엔 느긋한 표정으로 확인하는 듯한 말투였다. 하지만 내가 당황하는 것을 보자 순식간에 바뀌었다.

"내가 말했잖아~. 딱히 신경 안 써도 된다고~. 엉큼한 너도 좋아하니까."

"딱히 저는 엉큼하지 않은데…….."

"그럼 하기 싫어? 나랑 엉큼한 짓. 어제보다 더한 거, 하기 싫어?"

"하기 싫…….다고 말하면 거짓말이겠지만…….!"

"하고 싶구나~?"

눈 깜짝할 새에 자신의 페이스로 끌고 들어가는 쿠레하 선배에게 맥없이 함락된다.

좋아한다고 말하면…… 엉큼한 짓을 하고 싶지 않냐고 물으면 마음이 동하고 만다. 하지만 때가 될 때까지 키스 다음 진도는…… 숙원은 미루겠다고 다짐했던 마음은 잊지 않았다.

그래. 잊지 않았다. 하지만, 하지만 말이다──.

"……하고 싶죠, 당연히."

"그럼 술이라도 깰 겸 야한 거, 할까?"

"………네?!!"

사랑하는 연인에게 '야한 거, 할까?'라는 말을 듣고 마음이 동하지 않는 게 이상하다.

자연스럽게 그 말이 나온 입술로, 뜨거운 시선을 보내고 만다.

당연히 선배에게는 들켰다. 전부 들켰다. 하지만 그렇다고 내가 어찌할 수 있는 건 아니다.

선배를 좋아하는 마음을 어떻게 숨길 수 있을까. 내가 뭘 하든 꿰뚫어 본 듯한 눈으로 바라보는 선배인데, 대체 어떻게 해야 숨길 수 있을까.

누군가 그 방법을 안다면 부디 알려 주길 바란다.

"후후. 입술 빤─히 바라보는 게 귀엽네."

"또 놀리시는 건가요……."

"놀리는 게 아니라 진심이라면 어떡할 거야?"

"그 방법은 이제 안 통하──."

놀림만 받고 있을 수는 없다. 그렇게 생각하여 놀림에서 벗어나려던 그때, 살아남은 야한 책 중 한 권이 눈앞에 펼쳐졌다.

"……선배?"

"좋아하는 페이지, 골라 봐. 내가 직접 해 줄게."

지금 쿠레하 선배가 무슨 말을 하는지 알 수가 없었다.

벌이 아니라, 왜 또 포상을 주려 하는지, 나는 전혀 이해할 수 없었다. 아니, 벌보다는 포상이 물론 기쁘지만.

"내가 모르는 새에 여자애를 집에 들이는 타카시 군에게는, 내가 있다는 사실을 알려 줄 필요가 있으니까."

왜, 질투를 분노가 아니라 놀림으로 승화하는 걸까…….

동거 중인 데도 나는 아직도 선배를 전혀 파악하지 못했다.

"그럼, 이 페이지로."

아니, 오히려 아직 모르는 편이 좋을지도 모르겠다.

생각해 보라. 아직도 선배에 대해 알아갈 수 있는 게 있다는 뜻이니까. 선배를 좀 더 좋아하게 될 수 있다는 뜻이니까.

커지는 연심. 내가 아는 연심에 아직 성장할 여지가 남아 있다는 것을 기쁘게 생각하며, 선배의 지시대로 펼쳐진 책에 손가락을 뻗어 페이지를 지목했다.

　이곳은 욕실. 물방울이 바닥 타일에 똑똑 떨어지는 소리가 드문드문 울려 퍼지는 공간.
　목소리를 내면 메아리쳐서 어딘가 다른 차원의 세계에 온 듯한 기분이다.
　그런 곳에 나는 수건을 두른 쿠레하 선배와 단둘.
　"그럼 가만히 있어야 해~? 늦든 빠르든 결국 보여 주게 되겠지만 나한테도 마음의 준비가 필요하거든."
　"알았어요……."
　"가슴을 보여 주는 건 나중에. 알았지?"
　"일부러 강조 안 해도 되는데요!"
　살짝 젖은 수건을 몸에 두르고 뒤로 돌아가는 연인의 모습을 눈앞의 거울이 가감 없이 비쳤다. 김 서림 방지 코팅이 확실히 되어 있어서 시선을 피하지 않는 이상 뒤를 돌지 않고도 선배의 무방비한 모습이 눈에 들어왔다.
　물론 그 앞에 긴장해 바짝 얼어 있는 내가 보였지만…….
　"미안, 미안. 부끄러워서 귀까지 새빨개진 타카시 군이 귀여워서 나도 모르게."
　어깨 옆으로 얼굴을 가져다 대고는 긴장으로 빨갛게 물든 귓가에 '귀여워' 하고 속삭이는 쿠레하 선배. 나는 그 목소리에 어깨를 움찔 떨며 선배를 기쁘게 만들고 말았다.

……왜 이렇게 된 거지.

시간을 되돌려, 다시 거실.

선배가 내 앞에 야한 책을 펼쳤다. 물론 그건 선배가 내게 소장을 허락한 '선배를 의식할 수 있는 것'뿐이었다.

자기과시욕이 강해서인지, 아니면 단순한 불안 때문인지, 나는 잘 모르겠지만 적어도 내가 유를 집에 들인 것 때문에 선배를 불안하게 만든 사실은 변하지 않는다.

그러니 선배의 욕심을 받아들일 수밖에 없었다.

단지, 그래도 조금은 저항감이 남아 있다.

"그, 제가 고르라고 하셨잖아요."

"그런데 타카시 군이 소극적으로 고르려고 하니까."

"윽……!"

아무래도 선배에게 생각을 읽힌 것 같은데.

아무리 선배를 향한 사과라고 해도 '뭐든 가능'이란 건 아니다. 어느 정도 선을 두지 않으면 제어가 되질 않는다. 내가 선을 지키려고 해도, 선배가 자극하지 않으리라는 법도 없고.

적어도 지금, 이 순간조차도 두근거리고 있으니까.

"그런 식으로 하면 내가 네 연인이란 걸 충분히 가르칠 수 없잖아."

"그럼 선배가 고르면 되잖아요."

"그럼 내가 하고 싶어하는 것 같아서 조금 부끄러워."

"선배가 부끄러워하는 포인트가 뭔지 잘 모르겠어요……."

"어쨌든, 타카시 군은 내가 연인이란 사실을 재인식하도록 해! 알았어?!"

"네, 네……!!"

눈앞에는 과격한 차림의 미인. 책에서 시선을 조금 돌리면 그보다 더 미인인 연인이 볼을 작게 부풀리고 있다.

그런 상황에서 나는 팔락팔락 페이지가 넘어가는 야한 책 중에서 선배가 해 주길 바라는 것을 골라야 한다.

심지어, 선배를 상상하며 혼자 몰래 하던 책으로 말이다.

이 상황이 부끄럽지 않을 수가 있겠는가.

선배에게는 내가 선배를 상상하며 몰래 했다는 사실을, 저번 야한 책 분류 때 거의 들키고 말았다.

즉, 선배는 내 취향을 파악하고 있다는 뜻이다.

"그럼…… 여기서 스톱을……."

다행인지 불행인지 '함께 목욕' 페이지가 당첨되었고, 지금 상황에 이른다.

"그럼 등 닦아 줄게. 가렵거나 아프면 바로 말해 줘~?"

"아, 네……."

선배의 상냥한 목소리가 욕실 전체에 울려 퍼졌다. 마치

전신으로 선배의 목소리를 듣는 것 같아 안심되는 반면, 지금부터 할 일이 한층 더 부끄럽게 느껴졌다.

뒤를 돌아보면 비누 거품을 잔뜩 묻힌 스펀지를 들고 수건 한 장을 두른 쿠레하 선배가. 욕실의 습기로 몸에 착 달라붙은 수건이 선정적이라 제대로 바라볼 수조차 없었다.

"역시 긴장되지?"

"그야 당연히, 긴장되죠……."

"키스도 안 하고 욕실로 끌고 들어온 건 너무 빨랐나?"

"키스했으면 그거야말로 긴장하고 있을 때가 아닐 것 같은데요."

"엄청 흥분해서?"

"……뭐, 네."

"타카시 군 변태."

"으윽!"

갈증이 찾아옴과 동시에 귓가에 선배의 숨결이 불어와서, 소리 없는 비명과 함께 온몸의 체온이 단번에 올랐다. 선배의 아무렇지 않은 한마디 한마디가 체온을 끝도 없이 끌어올렸다.

오늘은 아직 술도 마시지 않았는데, 왠지 머리가 몽롱하고 현실감이 없다. 욕실에 있기 때문일까…….

"후후후. 귀, 또 빨개졌네. 귀여워, 타카시 군."

"그, 그건 됐고 빨리 등 닦아 주세요!"

"네, 네. 타카시 군은 부끄럼쟁이니까~."

술에 취했을 때와 비슷한 감각에 빠진 나와 다르게 평소와 똑같은 선배.

그래. 평소처럼 놀리기 좋아하는 조금 짓궂은 연인.

그러면서 조금은 과격하기에, 그에 따라 더욱 커지는 좋아하는 마음.

"네가 부끄러워하는 모습이 더 보고 싶으니까 조금 다른 방법으로 등 닦아 줄게."

귓가에는 선배의 목소리가. 등에는 스펀지와는 또 다른, 부드러운 감촉이. 그게 무엇인지, 나는 바로 알아채고 말았다.

모를 수가 없었다. 몇 번이나 팔이나 어깨로 느꼈던 부드러움이니까.

"어때? 등, 기분 좋아?"

등에 느껴지는 부드러운 온기. 평범한 샤워볼과는 또 다른 부드러움. 그리고 혼자 씻을 때엔 절대 느끼지 못할 온기.

"네, 네…… 기분, 좋아요……."

"그래. 그럼 다행이다."

머릿속은 여전히 몽롱했다. 사고가 제대로 되지 않고 선배의 질문에 얼버무리지도 않고 솔직히 대답하게 된다.

그런 나를 보고 선배는 안도하는 목소리를 냈다.

똑똑 수도꼭지에서 물방울이 떨어지는 소리와 섞여서 선

배의 목소리, 숨소리, 행동 하나하나가 야하게 느껴졌다.

이성적으로, 마음을 가다듬으며 똑바로 정신을 차려야 하는데, 몸은 그 반대로 뜨거워졌다.

"서, 선배…… 역시 이건 너무 과한 게 아닐까요……? 벌의 영역을 넘어선 것 같은데……."

"어머, 지금 와서? 같이 욕실에 들어온 시점에 이미 이건 벌이 아니야."

"벌이 아니라고요……? 그럼, 이건 대체……."

"그야 당연하잖아. ……내가 너랑 달라붙고 싶은 거지."

"……으윽!"

조금 뜸을 들인 후 나온 쿠레하 선배의 말에 나는 놀라서 다시 소리 없는 비명을 지르고 말았다.

그렇다. 잘 생각해 보면 벌이라기에는 페널티가 없다.

저번처럼 화장실에 가는 것을 금지당하지도, 심하게 놀림당하지도 않았다.

그저, 평소보다 스킨십이 진할 뿐. 거리가 가까울 뿐.

선배가 드물게 솔직한 것이 가장 큰 증거였다.

이 시간이 벌일 리가 없다. 그걸 깨달았을 땐 이미 늦었고, 등에 느껴지는 부드러움이 퍼져 나갔다.

"아하하하, 움찔! 하기는~."

"그, 그야 당연하죠!! 지금은 그…… 아무것도 안 입었잖아요!!"

"수건은 제대로 두르고 있는데~?"

"그냥 가리고 있는 것뿐이잖아요! 수건 한 장으로 촉감이 줄어들지는…….."

"타카시 군은 부드러운 거, 싫어?"

"……좋아하죠."

부드러운 것을 좋아하는 게 아니다. 선배의 부드러움이니까 좋아하는 거다.

선배의 숨결을 귓가로 느끼며 나는 나 자신에게 따졌다.

수건 한 장. 그것도 단 한 장. 얇은 수건 한 장으로는 선배의 부드러움을 막지 못했다.

"좋으면 됐잖아. 아예, 벗는 건?"

"안 돼요!! 좋아한다고는 했지만 선은 지켜야……! 저희는 아직 학생이라고요!!"

"뭐, 그건 그렇지."

내 마음도 모르고 틈만 나면 수건을 벗을까 하는 건 정말 참아 줬으면 좋겠다. 내가 빈틈을 보인 게 문제겠지만.

좋아한다고는 했지만, 그래도 된다고는 하지 않았다. 선배의 부드러움을 직접 느껴 버리면 분명 지금까지 이어졌던 관계성에서 벗어나고 말 것이다.

그런 사태를 피하기 위해서라도 야한 책으로 참았던 건데, 그 책을 숨기기 위해 유일한 친구인 유를 집에 초대했던 탓에 지금 이 상황이 되었다는 게 아이러니한 일이다.

고깃집 사건으로 선배의 질투심을 어느 정도는 알게 되었지만, 그 질투를 이렇게 부드러움으로 실감하게 만드는 게 쿠레하 선배의 방식인 듯했다.

"그래도 꽁냥꽁냥 하고 싶은걸!"

"'그래도'가 아니라요! 이대로라면 꽁냥꽁냥으로 안 끝난다니까요!!"

"그건 그때 가서 생각하면 되잖아?"

"그때가 되면 안 된다고요!"

지금, 이 순간의 충동을 우선하는 선배를 어떻게든 막으려 하는 것도 우리다웠다.

당연히 말로 안 된다고 해 봤자 선배는 멈추지 않았고, 지금도 부드러운 행복이 등을 덮치는 중이다.

귓가에 느껴지는 매끄러운 숨결과 덮쳐오는 부드러운 감촉이 내 사고를 둔하게 만들었다.

그냥 이대로 덮쳐지는 것도 나쁘지 않겠다는 생각이 들 정도로 감각이 혼란스러웠다.

선배의 동작 하나하나가 내게는 너무나도 치명적이었다.

이건 결코 지금 이 상황이 펼쳐지는 장소가 욕실이기 때문은 아니다.

어찌할 수도 없이, 내가 선배를 좋아하기 때문이다. 좋아하게 되었고, 사랑하게 되었고, 독점하고 싶다는 생각까지 품었기 때문이다.

다른 사람은 선배가 흐트러졌을 때의 매력적인 일면을 얼마나 알고 있을까.

다른 사람은 평소 선배와 지금 선배의 갭을 얼마나 상상할 수 있을까.

다른 사람은 선배의 적극적인 면모를 얼마나 착실히 받아들일 수 있을까.

여러모로 생각하고, 사고하고, 숙고한 끝에, 역시 선배는 나만이 알고 있으면 된다는 결론에 다다랐다.

결국 그런 것이다.

"알았어. 참을게. 너무 억지 부려서 네가 싫어하면 이도 저도 안 되니까."

"딱히 싫어하진 않았는데…… 그래도 참아 주신다면 여러모로 감사하겠네요."

"응. 신경 쓸게."

그래. 내가 싫어할 일은 없다. 선배와 내가 헤어지는 건 선배가 내게 질렸을 때. 놀릴 마음이 사라졌을 때.

선배에게 놀림당하는 자극을 남겨 두면서도 쉽게 놀림당하지 않는 일상을 보내고 싶다.

복잡한 마음을 품으며, 천천히 등에서 떨어지는 부드러움을 쓸쓸하게 떠나보냈다.

함께 멀어지는 숨결에 두근거리면서도, 이젠 진정할 수 있겠다고 생각했으나. 그건 시기상조였다.

"그런데 미안. 마지막으로 이것만 할게……?"

"──네?"

등에서 부드러움이 완전히 떨어지기 직전, 갑자기 목덜미에 간지럼이 느껴졌다.

따뜻한 그것은 왠지 귀에 느껴지던 온기와 비슷하게 느껴졌다.

점차 그 온기가 다가오는가 싶더니, 양어깨에 닿은 것은 항상 봐 왔던 선배의 예쁘고 기다란 손가락. 섬세하고 조금 힘을 주는 것만으로도 부러질 듯한 가녀린 손가락.

첫 키스를 하기 전까지, 나와 선배의 입술 사이에 매번 끼어들던 조금은 얄미운 손가락.

그 손가락의 주인이 어디 있는지 기척을 살펴봐도 여전히 등 뒤였다. 몸에 감은 수건을 단정히 하고, 어쩐지 얼굴이 빨개진 것을 앞에 놓인 거울을 통해 알 수 있었다.

마지막. 그녀가 그렇게 말한 직후에 이변이 일어났다.

"고마워. 이런 나를 좋아해 줘서."

그렇게 말하며 내 목덜미에 가벼운, 그러면서도 뜨거운 입맞춤을 해 왔으니까.

지금까지 선배와 해 온 진한 키스에 비하면 무척이나 가벼운 키스. 그런데도 지금까지 해왔던 키스와는 어딘가 다른 느낌이라, 나는 욕실에서 움직일 수 없었다.

◇한담◇

"뭘 한 거야, 나도 참."

욕실에 남자친구를 남겨둔 채로 나는 혼자서 몸부림쳤다. 기세에 휩쓸려 대담한 짓을 저질렀다는 사실에 정말이지 가만히 있을 수가 없었다.

이유는 물론 욕실에서 있었던 일.

"부끄러워하는 타카시 군을 보고 싶었을 뿐인데, 왜 이렇게 되어버린 거야……."

처음 계획은 가볍게 야한 짓을 해서 얼굴이 빨개진 연인을 보고 만족하는 것이었다.

예를 들면 미니스커트를 살짝 젖혀서 평소보다 성숙한 속바지를 보여 주거나.

예를 들면 옷을 아슬아슬하게 걸친 모습을 사진 찍어 달라고 하거나. 목적은 타카시 군이 최대한 얼굴이 새빨개진 모습이 보고 싶으니까.

그런 계획은 그가 욕실 페이지를 고르는 바람에 허사가 되었다. 내게 유리한 상황에서 연인을 놀리며 호감도를 올리는 계획을 실행할 수 없게 되었다.

"그런 건 좀 더 나중에 하려고 했는데……."

딱히, 타카시 군과 욕실에서 꽁냥꽁냥 하는 게 싫은 건 아니다. 오히려 언젠가 하고 싶다고 꿈꾸고 있었다. 그 시츄에이션이, 내가 허락한 책 안에 들어있을 줄은 상상도 못 했을 뿐.

그리고 꿈꾸며 혼자 흥분했던 장면이 오늘 다가온 것뿐. 그저 순서가 앞당겨진 것이다. 분명 늦든 빠르든 그와 욕실에 함께 들어갔을 테니까.

솔직한 바람을 말하자면, 타카시 군에게 부모님을 소개한 후에 하고 싶었지만.

"타카시 군의 등, 생각보다 넓고 단단했지……."

양손으로 부드러운 피부를 쓰다듬었다. 떠오르는 건 사랑하는 이의 온기와 남자다움.

평소엔 놀리기 좋은 귀여운 연인인데, 막상 아무 대비도 없이 천 한 장을 사이에 두고 보니 한 명의 남성이란 사실이 체감되었다.

단단한 골격. 군살 없이 군데군데 근육이 보였다. 그런데도 표정은 귀엽다. 그 갭에 머리가 이상해질 것 같았다.

……아니, 결국 이상해졌으니까 마지막에 그런 짓을 해버렸지.

"타카시 군은 모르겠지……. 아니, 몰라도 괜찮지만."

목덜미에 키스. 분명, 둔감한 그는 눈치채지 못했겠지.

키스한 것은 아마 눈치챘겠지만, 그 의미는 모를 것이다.

알았다면 앞으로는 그를 놀리지 못하게 된다.

지금 와서. 정말, 지금 와서 생각하지만 역시 정확한 형태로 마음을 전하는 건 아직 익숙하지 않다.

그러니까 부탁이야. 눈치채지 말아줘. 내가 진심으로 네게 집착한다는 사실을 들키면 분명 부끄러워서 더 심술궂은 여자가 되어버릴 테니까…….

혼자서 나의 집착을 탓하면서도 욕실에서 한 행위는 일절 후회하지 않았다. 오히려 내심 눈치채길 바라는 마음을 품으며, 연인이 거실로 돌아오는 것을 기다리는 나였다.

　선배와의 욕실 사건이 있고 어느 정도 시간이 지난 어느 날의 점심시간.

　목덜미에는 그때의 열이 어렴풋이 남아, 선배를 볼 때마다 마음을 진정시킬 수가 없었다. 선배도 선배대로 최근엔 그다지 집요하게 놀리지 않는다.

　그 대신 바뀐 점이 하나 있는데.

　"자. 유, 아앙 해 봐!"

　"아, 아앙……?"

　"어때? 한정판 마롱 파르페. 맛있어?"

　"아, 네에…… 맛있긴 한데…… 쿠레하 선배는 괜찮으세요? 일부러 하계쪽 식당까지 내려와 주셨는데, 옆의 애인분이 엄청나게 노려보는데요."

　"괜찮아. 나는 그런 타카시 군도 좋아하거든."

　"아, 그렇군요. 선배가 괜찮으시다면 딱히 신경 안 써도 되겠네요."

　"될 리가 없잖아?! 조금은 날 신경 쓰라고!! 그 특대 마롱 파르페 결제한 건 나거든?!!"

　어째서인지 내 애인인 쿠레하 선배와 내 친구인 유가 내 눈앞에서 알콩달콩하는 중이다. 게다가 둘 다 이 상황에 의문조차 품지 않는 게 전혀 이해되지 않았다.

지갑은 텅 비었고, 대신 파르페 가격 3천 엔이 적힌 영수증이 손에 들렸다. 모처럼 선배가 나와 유가 있는 구역으로 와 줬는데……. 평소에 돈을 많이 챙겨 다니지 않은 내가 한심하게 느껴졌다…….

애초에 우리가 다니는 시라쿠모 대학은 크게 나눠 세 구역이 존재한다. 동아리 건물이 난립하는 문화 구역. 그리고 대학 내에 있는 커다란 언덕을 경계로 문과 학부가 주로 활동하는 곳을 상계, 이과 학부가 주로 활동하는 하계라고 부른다.

대학 측이 부르는 정식 이름은 따로 있는 듯하지만, 적어도 학생들 사이에선 이와 같은 호칭이 통용되고 있다.

그렇게 캠퍼스 내에서 문과와 이과가 지내는 구역이 다르다 보니, 문과인 쿠레하 선배가 하계에 있는 것 자체가 매우 드문 일이다.

"그래서 쿠레하 선배한테 물어봤잖아. '옆의 애인분은 괜찮은가요?'라고."

"그런데 선배 대답을 듣자마자 신경을 껐잖아! 선배도 선배예요. 어쩌다 유랑 셋이 점심을 먹게 된 거죠?! 선배가 불러서 조금 기대했는데……!!"

"뭐 어때. 오늘은 유랑 조금 대화하고 싶어서 부른 거야."

바라던 전개와 현실의 차이에 당황하는 나와는 다르게,

아무렇지도 않은 표정의 친구와 연인.

마치 남일 보듯이 하는 유와, 내가 화내는 모습을 보고 입꼬리가 조금 올라간 쿠레하 선배.

한 명이어도 상대하기 버거운데 두 사람이 합쳐지니 당연히 더욱 상대하기가 어렵다.

"유랑 둘이 대화하고 싶었으면 저까지 부를 필요 없었잖아요."

지금 상황에서 벗어나기 위해 조금 부루퉁하게 행동하며 먼저 자리를 뜨려 했다.

"모처럼이니까 타카시 군한테 점심 얻어먹자고 유가 그래서."

"처음부터 등쳐먹을 생각이었지? 너."

"이번 달은 좀 빡빡하단 말이야. 타카시라면 구시렁거리면서도 사줄 것 같아서."

장난스럽게 싱긋 웃는 연인과, 악의 없이 간사한 목소리를 내는 친구의 합동 기술에 나는 맥없이 패배했다.

죽이 잘 맞는 두 사람을 이길 수도, 도망칠 수도 없었다. 그걸 깨달은 나는 일어서려던 마음을 가라앉혔다.

"그보다, 나 빼고 연락할 정도로 둘이 친해질 만한 계기가 있었던가?"

마음을 가라앉힐 겸, 두 사람이 죽이 잘 맞게 된 계기가 무엇인지를 물어보려 했으나, 판단 미스였던 모양이다.

"응? 칵테일바에서 만났을 때 번호 교환했으니까. 그러니까 친해지지."

"너, 모르고 있었냐?"

"그땐 너무 취해서······."

"한심하긴. 어떻게 생각하세요? 이런 애인."

"나는 엄청 귀엽다고 생각해. 오히려 해롱해롱 취하게 만들어서 먹어 버리고 싶기도 해."

"역시 대단하시네요. 그날 마스터한테 들었는데, 꽤 도수 높은 칵테일을 빠르게 마셔도 과하게 취했다 싶은 모습은 한 번도 못 봤다는 얘기를 들었거든요."

"아니, 취하지 않아도 평소가 위험한데."

친구는 술에 약한 나를 한심하게 여기고, 선배는 선배대로 평소처럼 놀린다. 게다가 선배는 놀림을 넘어서서 '먹어 버린다' 선언까지.

저번 욕실 사건도 있어서, 선배의 선언에서 현실성이 느껴져서 닭살이 돋았다.

하지만 이 닭살은 싫어서 나는 게 아니라, 오히려 현실이 되기를 바라는 욕망에서 비롯한 흥분에 가까울지도 모르겠다. 지금도 선배의 말에 심장 고동이 주체할 수 없이 빨라졌으니까.

그런 내 상태는 선배에게 당연히 전해졌다.

"······육식계 여친은 싫어?"

"······싫지는 않은데요."

"좋아한다고 말해 줘."

"사랑한다고 말해도 될까요?"

"잔뜩 키스해 주면 용서해 줄게."

옷자락을 잡아당기는 선배에게 시선을 향하자, 그곳에는 홀릴듯한 표정으로 나를 바라보는 연인의 모습이 있었다.

입에서 나오는 건 아주 단순한 말. 좋아하기에 나오는 심플한 말.

키스를 바라는 적발의 여신. 키스만으로 괜찮을까.

그때, 목덜미에 키스할 때처럼 뜨거운 숨을 내쉬는 쿠레하 선배.

조금씩 다가오는 달콤한 분위기──.

"저기~ 제 눈앞에서 그러시면 모처럼 먹는 파르페가 심하게 달아지니까 그만둬 주시겠어요?"

"앗, 미안······."

"우후후. 혼나 버렸네."

유의 앞이 아니었다면 분위기가 얼마나 이어졌을까······.

그런 생각을 하며 텅텅 빈 지갑을 왼쪽 주머니에 넣은 후 우리는 식당을 뒤로했다.

걷고, 걷는다. 그저 무언가에서 벗어나듯이 걸었다. 물론 그 무언가에서 벗어나지는 못했지만.

"그래서, 결국 선배는 뭘 하려고 했던 거였어요? 분명 뭔가 있죠?"

유의 차가운 시선을 피하며 나는 쿠레하 선배에게 사정 설명을 부탁했다.

여러모로 설명이 부족한 선배지만, 그녀의 행동 뒤에는 반드시 이유가 있다.

예를 들면 놀리고 싶다거나, 러브러브 하고 싶다거나, 벌을 주고 싶다거나 하는…….

이번에도 분명 그것들은 아니더라도 무언가 의도가 있을 것이다.

싱글거리면서도 왠지 면목 없어 보이는 선배의 표정을 보면 그런 생각이 안 들 수가 없었다.

"으음, 그래. 저번엔 좀 너무한 것 같아서 반성했거든."

"저번에?"

"욕실에서 말이야."

"……읏!"

적어도 입 밖으로 낼 내용인지 생각하고 말해 주길 바랐는데.

"욕실이라니, 너 설마 거기까지 나간 거야?"

아니나 다를까, 옆에서 걷던 친구의 험악한 목소리가 들려왔다. 곁눈질로 보니 한층 더 차가운 시선이.

이래서 도망치고 싶었던 건데…….

"아, 아니야! 잠깐 술에 취한 선배한테 덮쳐져서 어쩔 수 없는 사정이었어!!"

"그 말인즉슨, 같이 욕실에 들어간 건 인정하는 거네. 이 변태 자식."

"나는 억울하다고."

서둘러 유에게 사실을 정정했으나 상황이 더 악화하고 말았다.

어째서일까……. 나는 단지 사실을 말했을 뿐인데…….

"아하하. 변태래~."

"누구 탓이라고 생각하시는 거예요. 네?"

내가 유에게 '변태'라고 불리는 원인이 헤실헤실 웃었다. 얼굴을 붉히면서도 미안함이 담겨 있어서 화낼 생각은 들지 않았다.

오히려 화내야 하는 건 내가 아니라 쿠레하 선배.

"내가 모르는 사이에 유를 집에 들인 네 탓이지."

"아─, 그건 네가 나빴네. 야한 책 때문이라고는 해도 좀 그렇지."

유에게 친구 이상의 감정을 품지 않는다고 해도 세심하지 못했던 내가 나빴다. 아무리 야한 책을 숨기기 위해서였다지만 그 외에도 방법이 있지 않았을까 반성 중이다.

문제의 선배는 화내기는커녕 야한 책 소지를 허락하기까

지 했다는 게 놀라운 일이다. 물론 모든 책을 허락한 건 아니지만, 그래도 선배와 건전한 동거 생활을 보내려면 필요한 물품이다.

뭐, 유를 집으로 들인 점에 관해서는 '네, 그러셨군요'로 끝나지 않았지만……

"참고로 그 책에 있던 욕실 장면을 재현해 줬어."

"표정을 보니 이 녀석이 만족스러운 반응을 보여 줬나 보네요."

"엄청 귀여웠지~."

"귀여웠대. 잘됐네."

보다시피 이런 상황이다.

"귀엽다는 소리 듣는다고 내가 기뻐할 줄 알았어? 선배도, 괜한 소리 하지 말아 주세요! 유가 신나서 저러잖아요!!"

"으응~? 사실이잖아~."

"그건 선배의 환각이에요! 저는 남자라고요!!"

"남자애가 귀여운 게 뭐가 이상해."

"그렇게 진지하게 말해도……. 전 딱히 귀여워지고 싶은 마음은 없는데요……."

"진심으로?"

"진심으로 남자다워지고 싶어요. 유도 이상한 생각 하는 거 얼굴에 다 드러나거든."

"쳇."

두 사람의 합동 공세. 한쪽은 이성 친구를 집에 들인 나를 향한 심술. 한쪽은 친구가 애인에게 놀림당하는 상황에 편승.

그런 두 사람을 앞에 두고 공격당할 수만은 없어서 필사적으로 저항하자 유가 불만스럽게 혀를 찼다. 선배는 싱글싱글 웃으며 즐거워 보였다.

나는 나대로, 즐겁게 웃는 선배를 보고 조금 기분이 솔직해졌다.

"오히려 선배야말로 자기가 귀엽다는 사실을 자각해 주세요. 갑자기 저번처럼 행동하시면 심장이 남아나질 않는다고요."

"저번이라니, 언제? 타카시 군을 유혹하는 건 일상이라 언제를 말하는 건지 잘 모르겠어."

"……욕실에서요."

"욕실……?"

뇌리에 떠오르는 그날의 광경. 욕실에서 등 뒤로 부드러운 '무언가'가 닿았던 그날의 거울 속 광경.

"뒤쪽 목덜미에 키스, 그때 당분간 못 움직였다고요."

목덜미에 뜨거운 숨결이 불어오더니 몰캉거리는 촉감이 느껴진 그 순간 보였던 선배의 황홀한 표정.

시간이 얼마나 지나든 잊을 수 없을 것이다. 잊을 수 있을 리가 없다. 선배의 귀여운 부분을 잊을 정도로 가벼운 사랑이 아니니까.

쿠레하 선배는 아무 말도 하지 않았다.

아니, 말다운 말을 하지 못하고 그저 '어…… 어어……'라며 얼굴 전체를 새빨갛게 물들이며 부끄러워했다. 그런 선배를 보고, 유는 싱글거리며 그녀를 추궁했다.

"……호오. 선배 그런 걸 하셨군요~?"

'등에 키스'. 그리고 '목덜미에 키스'. 유는 그것들에 어떤 의미가 담겼는지 알고 있는 듯, 소녀다운 일면을 보인 쿠레하 선배를 간단히 몰아붙였다.

나는 거기에 어떤 의미가 있는지 모르겠지만.

그런 대화를 나누며 교문 앞에 당도한 나와 선배는 반대 방향으로 향하는 유를 배웅한 후 우리의 집으로 돌아왔다.

"하아…… 설마 타카시 군한테 지는 날이 올 줄이야……."

"저는 이기려고 한 게 아니었는데……. 정확히 말하자면 선배가 자신의 귀여움을 자각해 주길 바랐을 뿐이에요."

"그게 날 지게 만들었다는 거, 모르는 거야?"

"……?"

"아―, 응. 모르나 보네. 나도 알아. 나는 네 그런 점도 좋아하거든."

"가, 감사합니다……?"

"천만에요."

유와 점심을 함께 한 날 밤. 지갑을 털린 나는 선배에게 의미를 알 수 없는 말을 들었다.

귀여운 선배에게 귀엽다고 말했을 뿐인데, 선배는 대체 무엇이 불만인 걸까. 불만인 건 오히려 내 쪽이다.

놀리는 건 둘째 치고, 놀릴 때 보여 주는 선배의 표정, 행동이 내 마음을 크게 흔든다는 사실을 자각해 주길 바랐다.

싱긋 웃는 선배, 볼을 살짝 붉히는 쿠레하 선배, 아주 조금 부끄러워 보이는 애인에게 내 심장은 매번 크게 반응하고 마니까. 지금도 그건 마찬가지다.

"그래서, 지금은 무슨 시간인가요?"

"응? 타카시 군한테 마음껏 어리광 부리는 시간인데."

"어리광도 좀 더 다른 방법이 있을 텐데. 왜 제 무릎 위에서 어리광을 부리시는 거죠?"

어째서 선배는 소파가 아니라 내 무릎에 앉아 있는 걸까.

어째서 학교에서 돌아오자마자 저녁 준비 시간이 아니라 어리광 시간이 되어버린 걸까.

어째서 나는 그런 선배의 유혹을 거부하지 못했을까.

의문뿐이다.

당사자는 확고한 자신을 품고 나를 똑바로 바라보며 선언했다.

"그야, 저번에는 등 뒤에서만 어리광 부렸으니까. 그다음엔 정면에서도 부리고 싶어지잖아?"

"아, 그렇군요."

쿠레하 선배가 무슨 말을 하는지는 알겠다. 나도 뒤가 아니라 앞에서 어리광을 보고 싶다. 정말 놀림 없이 진심 담긴 어리광으로. 아니, 쿠레하 선배의 진심 담긴 어리광을 마주하면 항상 시선을 피하고 싶어지는 내게는 아직 이를지도 모른다.

그런 내게 지금 상황은 그다지 좋지 않다…….

"그런데 왜 등을 보이고 앉으신 거죠. 이러면 여러모로 좀 그렇잖아요."

"엉덩이가 닿아서 신경 쓰여?"

"……알았으면 잠깐 일어나 주세요."

"일어나도 돼?"

"무슨 의미죠?"

"으음~. 그야, 네가 엉덩이를 신경 쓰고 있는데 내가 일어나면, 난 그 반응을 확인하게 될 텐데, 그럼 너는 어떻게 될까~?"

"윽……."

"그래도 괜찮으면 일어날게? 타카시 군이 내 엉덩이에 커지는 변태인지 아닌지 확인하게 되겠지만~?"

완전히 선배의 손바닥 위에서 놀아나는 중이니까.

그리고 어떻게든 의식하지 않으려 했던 선배의 부드러운

몸을, 선배가 꾹꾹 누르는 통에 강제로 느낄 수밖에 없었다.

게다가 가슴의 부드러움이 아닌 또 다른 부드러움.

선배의 청바지, 그리고 내 바지 너머로 느껴지는 두 개의 언덕.

선배의 부드러운 두 언덕 사이에 끼이는 물건의 감각. 고개를 살짝 내려보니 즐거워하면서도 조금 얼굴을 붉힌 애인의 얼굴이. 감각이 더욱 예민해졌다.

그 상태를 선배에게 들켜버린 날엔 나는 대체 어떤 얼굴로 선배를 마주해야 할까.

아니, 그걸 넘어서 아침마다 선배가 식사를 만드는 뒷모습을 흐뭇하게 바라볼 수 있을까.

분명 불가능하겠지. 선배에게 들키자마자 놀림당하고, 그 상태가 기억에 남아 선배의 뒷모습을 제대로 볼 수 없게 된 내 모습이 눈에 선하다.

그렇다면 선배에게 할 대답은 하나뿐이다.

"그래서, 내가 비켜 주는 게 좋을까? 아니면 이대로 어리광 부려도 돼?"

"……도 괜찮아요."

"으응? 안 들리는데~."

"이대로도 괜찮아요!!"

"후후후. 그래야지~."

이대로 선배가 보지 않는 동안, 예민해진 것을 가라앉히면 되니까.

뭐…… 애초에 선배에게 내 상태를 들키고 싶지 않다고 말한 시점에 선배에겐 이미 들킨 것과 마찬가지지만, 그때의 나는 그 점을 깨닫지 못했다.

"타카시 군한테 한 방 먹은 채로는 있을 수 없거든."

선배의 조용한 결심도, 깨닫지 못했다.

"그럼 슬슬 건배할까? 마침 슈퍼에서 술이랑 안주 조달해 오길 잘했어~. 덕분에 타카시 군은 나한테 중요한 걸 보이지 않고 무사히 술을 마실 수 있게 됐으니까~."

"오히려 그걸 내다보고 슈퍼에서 술 사 오신 거죠? 이상하긴 했어요. 주방에 아직 안 딴 술도 남아 있는데 부족하다고 하더니!"

"그런 것치고는 내가 술 산다니까 아무 말도 안 했잖아. 실은 기대하고 있던 거 아니야~?"

"……아니에요."

"정말로~?"

내 무릎 위에서 한 발짝도 움직이려 하지 않는 선배는 미리 사둔 저녁 반주 세트를 테이블 위에 두고 장난스러운 웃음을 지으며 나를 뒤돌아봤다.

선배의 '중요한 걸 보여 주지 않고 끝났네~'라는 듯한 표정 때문에 선배에게 대항할 수가 없었다. 아까보다 더욱, 선배의 부드러운 두 언덕을 예민하게 느끼고 말았으니까.

게다가 선배와 이렇게 장난치며 마시는 술은 좋다. 점심의 유를 보고, 조금 고급스러운 음식을 먹으며 즐거워하는 선배를 보고 싶다고 생각한 건 선배 본인에게는 비밀이었지만, 그게 '무릎 위에 앉아서 내게 몸을 부비는 선배'라는 형태로 이뤄질 줄은 상상도 하지 못했다.

물론 이 상황이 싫은 게 아니다. 싫은 건 아니지만 그와는 별개로 선배에게 맥도 못 추는 상황이 조금 찜찜한 것이다.

이대로 선배에게 당하기만 했을 때, 과연 선배는 앞으로도 계속 날 놀리려 할까.

그저 부끄러워만 하는 내게, 선배는 앞으로도 기쁜 듯이 웃어 줄까.

선배에게 적극적인 면모를 보이지 못하는 내게, 선배는 앞으로도 호의를 품어 줄까.

이렇게 선배와의 앞으로의 교제를 불안해하는 사이, 선배가 술을 마실 준비를 마쳤다.

무릎을 톡톡 두드리고는 '이제 준비 다 됐어~'라고 어필하는 선배의 귀여운 모습에, 아까까지 품었던 불안이 사라져 간다.

"그럼 뭐부터 마실래요? 오늘도 엄청 사 왔는데."

"일단 달달한 것부터!"

"네, 네. 그렇게 대답할 줄 알았어요."

눈앞에는 각양 각종의 츄하이 캔이.

선배가 좋아하는 음료인 미스터 페퍼를 방불케 하는 프루티한 츄하이가 많은 와중에, 선배가 특히 뜨거운 시선을 보내는 딸기 과즙이 잔뜩 들어간 술을 들어 선배에게 건넸다.

배시시 웃으며 좋아하는 츄하이를 받아 드는가 싶더니, 선배의 손이 향한 곳은 캔이 아니었다. 캔을 들고 있는, 내 팔에 손을 얹었다.

"······선배?"

애인이 무슨 생각을 하는지 몰라 불안한 목소리를 냈다.

하지만 팔로 느껴지는 애인의 상태는 불안과는 무척이나 멀었고, 오히려 기대에 차 있었다.

그리고 그건 선배의 입을 통해서도 밝혀졌다.

"내가 말했잖아. 오늘은 너한테 어리광 부리겠다고. 그게 무슨 의미인지 모를 정도로 바보는 아니겠지?"

"아······ 그런 거였나요·······."

즉, 마음껏 어리광 부리게 해 달라는 뜻이겠지.

나는 가볍게 한숨을 쉬며 손에 든 딸기 맛 츄하이 캔을 열었다.

선배를 향한 한숨이 아니다. 선배를 아직도 전혀 모르는 나를 향한 한숨이다.

아직 동거한 지 얼마 되지 않았다고는 해도, 사귄 지 1년을 넘었다. 그런데도 아직 애인의 생각을 예측하지 못하는 내게 다시 혐오감이 느껴졌다.

하지만 지금은 그럴 때가 아니다. 선배가 바라는 '달콤한 시간'을 만드는 것이 중요하고, 나도 선배와 달콤한 시간을 보내고 싶다.

그런 생각을 하며 방금 딴 딸기 맛 츄하이를 선배의 얼굴에 가져다 댔다.

팔을 움직일 때마다 마찰되는 선배의 손가락에 약한 간지럼을 느끼며……

"이러면 되죠?"

"응응. 그럼 그대로 먹여 줘~."

"네, 네. 먹여드리면 되죠. ……아니, 먹여 달라고요?!"

"응~. 나는 이렇게 타카시 군의 품을 만끽할 거니까~."

"이건 그냥 편리한 의자 아닌가요?"

"얼마면 내 전속 의자가 되어줄래?"

"정말로 사려고 하지 말아 주세요!"

아무래도 오늘 선배는 상당히 진심으로 어리광을 부리고 싶은 모양이다.

어느샌가 품 안에 쏙 들어가서 가슴팍에 비비적거리는 쿠레하 선배.

게다가 상당히 마음에 들었는지 그렁그렁 촉촉해진 눈으로 나를 사려고 했다.

아직 술을 마시기 전이라 다행이라고 진심으로 생각했다. 솔직히, 이미 술을 마셨으면 마음이 가는 대로 행동했을 테니까.

'선배가 바란다면 얼마든지 상관없어요'라고 말할지도 모른다.

"그보다 빨리 술 먹여 줘~. 으응~? 빨~리~."

"아, 알았어요! 흘리지 않게 조심해서 마시세요."

"흘리면 또 같이 샤워할까?"

"같이 안 해요! 혼자 씻어 주세요!!"

"쳇. 같이 해 주면 조금 흘릴까 했는데 안 되겠네~."

"모처럼 사 온 술이 아까우니까 하지 마세요……."

"그것도 그러네. 같이 샤워하는 건 다음에 하자."

"샤워는 포기 안 하시는군요……."

내 심정도 모르고, 선배는 평소처럼, 아니, 평소보다 더 어리광을 부리며 나를 유혹했다.

몸 전체로 느껴지는 쿠레하 선배의 부드러움. 그런 상태에서 달콤한 유혹에 지지 않으려면 평범한 인내심으로는 부족할지도 모른다.

"음…… 우음…… 푸하……! 맛있다!"

"다, 다행이네요……."

"으응? 왜 그래~. 자꾸 꼼지락꼼지락하고."

"꼼지락거린 적 없는데요?!"

"안 부끄러워해도 되는데~. 이렇게 먼저 꼬옥 끌어안아도 괜찮아~."

"……안 할 거예요."

내가 먼저 선배를 끌어안는 게 간단할 리가 없다. 안 그래도 팔 안에 쏙 들어온 선배 때문에 어쩔 줄을 모르겠는데, 더 끌어안았다가는 급소의 예민한 감각이 강해지고 만다.

선배는 내가 그런 고민을 하는지도 모르고 맛있게 딸기 츄하이를 마셨다. 물론 캔 본체는 내가 들고, 선배는 그저 마시고 싶은 타이밍에 팔을 입가로 가져갈 뿐.

직접 마시는 것보다 불편할 텐데, 선배는 전혀 신경 쓰지 않는다.

오히려 내 팔과 무릎 사이에 쏙 들어가 있는 이 시간을 행복해 한다는 게 뒤에서도 느껴졌다.

작게 끌어안지 않겠다고 말하는 내게 '뭐야~?'라며 옆으로 묶은 머리카락을 휘두르면서 불만을 표하는 쿠레하 선배.

가끔 찰싹찰싹 닿는 머리카락에선 평소에 선배가 애용하는 샴푸의 향기가 풍겨 코를 충만하게 만든다. 달콤하면서도 섹시한 장미 향. 그리고 나도 모르게 떠올리고 마는, 등에 닿았던 부드러운 감촉.

떠올리면 안 된다는 것을 알면서도 사소한 계기가 있을

때마다 떠올리고 마는 함께 샤워했던 날의 기억.

잊고 싶어도 잊을 수 없는, 욕실에 울려 퍼지던 선배의 목소리. 당시 욕실의 온도. 그리고, 샴푸 향기. 말할 것도 없는, 등과 목덜미에 닿은 부드러운 감촉.

선배가 마지막으로 한 키스에 어떤 의미가 있는지 궁금하지만 깊이 생각하지 않으려 했다.

생각하면 생각할수록 등에 키스 받았을 때의 충동이 나를 덮쳐올 것 같으니까…….

"그럼, 다음은 안주 줘—."

"아, 술만 먹여 주는 게 아니었군요."

"당연하지~. 내가 말했잖아. 오늘은 철저하게 어리광 부리겠다고."

"……말했었죠."

"그럼 빨리 아앙~ 해 줘."

선배가 말하는 대로 나는 선배 취향의 또 달콤한 안주를 집어 들었다. 콩알 같은 과자를 초콜릿으로 달콤 짭짤하게 코팅한, '초코릿피'란 이름의 과자.

안주로도, 간식으로도 유구한 인기를 자랑하는 과자다.

그 과자, 초코릿피를 손바닥에 몇 알 쏟아부어 쿠레하 선배의 입 앞으로 가져갔다.

"……이걸로 괜찮나요?"

"후훗. 왠지 길들여지는 기분이야."

"저한테 시킨 건 선배인데요······."

"그래도 조금 즐겁지?"

"음······."

즐겁다기보다는 그때그때 대응하는 것만으로도 벅찼다. 조금이라도 방심하면 지금보다 더 상황이 악화할 것 같아서. 그야말로, 저번의 욕실 사태 같은······.

"그럼, 안주 잘 먹겠습니다~."

선배의 구호와 함께 손바닥에 뜨거운 숨결이 닿았다. 욕실에서 등으로 느꼈던 것처럼 뜨겁고, 야한 느낌까지 들었다. 거기에 손바닥에 닿는 말캉한 입술이 숨결의 색기를 증폭시켰다.

나도 모르게 선배에게 약한 면을 보이고 말았다.

"서, 선배····· 간지러워요·····!"

"으응? 나는 그냥 안주를 먹고 있을 뿐인데~? 싫으면 뿌리치면 되잖아~."

내 약한 소리를 듣고 선배가 '아, 그러시군요'라며 봐줄 리가 없다는 것을 알면서도.

오히려 선배에게 커다란 틈을 보이고 말았다.

"그리고 나도 간지러운걸~?"

"······전 선배한테 아무것도 안 했는데요?"

"엉.덩.이."

"······으윽?!"

"후훗. 반응 좋네."

몸을 젖혀 내 가슴팍에 등을 기대는 쿠레하 선배. 그 순간 내 얼굴 가까이 다가온 입술로 달콤하게 속삭이니 반응하지 않을 수가 없었다.

민감한 귀에 후우~ 하며 숨을 불어넣는 연인. 그 모습은 술을 마시기 전보다 짓궂었다.

"너도 슬슬 술 마시고 싶지 않아? 마시고 싶으면 내 술 마셔도 돼."

넌지시 '마셔'라는 속내가 훤히 들여다보이는 표정으로 내 얼굴을 올려다본다.

내 시선은 선배가 마시던 츄하이 캔으로.

지금은 술로 코팅된 입술뿐만 아니라, 선배의 립스틱으로 코팅된 술 캔에도 가슴이 두근거렸다.

"……그럼 마실게요."

정신을 차리니 나는 두근거림에 거역하지 못하고 남은 츄하이를 단숨에 입안으로 흘려보냈다.

지금은 간접 키스에 과도하게 두근거리는 일은 사라졌다. 선배와 동거를 시작한 후 그 이상으로 두근거리는 일이 넘쳐나서 간접 키스에 일일이 반응했다간 심장이 남아나질 않을 것이다.

그리고 그건 지금도——.

"어때? 맛있지~?"

"굉장히 다네요, 이거……."

"너무 단 건 싫어?"

"싫을 리 없죠. 오히려……."

"오히려? 오히려, 뭐?"

입 안에 남은 딸기 맛의 알코올, 상상 이상으로 달았다. 불쾌한 당도가 아니었다.

나는 이 달콤함을 알고 있다. 마음 깊숙한 곳부터 녹아들 듯한 이 달콤함의 정체를.

"……좋아해요, 선배."

"나도 좋아해, 타카시 군."

──사랑을 전하며 서로를 끌어안는 나와 선배.

그리고 곧바로 달콤함의 근원을 탐하며 선배의 입에 딸기 맛 술로 코팅된 혀를 밀어 넣었다.

취기에 몸을 맡기면서도, 선배와 키스하고 싶은 본심을 혀에 담으며…….

"음…… 으음…… 우으……!"

입안에 퍼지는 쿠레하 선배의 달콤하게 떨리는 혀끝. 선배의 목 떨림이 귀에 황홀한 목소리로 들려와 혀끝의 달콤함이 더해졌다.

선배의 어깨와 허리를 강하게 끌어안자 선배의 혀끝이 다시 떨려서 더욱 강하게 끌어안고 싶어진다. 당연히 선배를 향한 키스의 집착도 올려 나갔다.

"선배…… 좋아해요, 선배……!"

"나도 알아아…… 나도 타카시 군을 좋아해애…….."

"키스 더 해도 되나요?"

잠시 떨어진 선배의 입술에는 내 입술과 이어진 투명한 다리가 걸렸다. 액체로 된 그 다리는 바로 녹아내려 나와 선배 사이에 잔해를 떨어트렸다.

그 모습에, 그 다리가 다시 한번 보고 싶어진 나는 선배에게 다시 키스를 요구했다.

촉촉한 눈동자의 선배라면 분명 한 번 더 받아 주리라고 기대하며.

하지만 그렇게 간단히 오늘 두 번째 키스를 받아들일 정도로 선배는 무르지 않다.

"안 돼. ……라고 말하면 어떻게 할 거야?"

"그래도 키스할 거예요."

"뭐, 그렇게는 말 안 하지만. 오히려 내가 키스하고 싶어."

조금 전 나의 일방적인 키스를 되갚듯이 몸을 반전시키고 목덜미를 붙잡으며 내 혀를 쪼듯이 입술을 가져다 대는 쿠레하 선배.

내 키스를 받아들이는 게 아니라, 먼저 키스하고 싶었던 거겠지. 두 번째 키스 직전, 장난스러운 표정이 아니라 욕실에서 마지막으로 보였던 표정을 짓는 것이 그 증거.

물론 선배의 키스를 내가 받아들이지 않을 이유는 없다.

가령 그 키스가 괴로운 것이더라도.

"음…… 선배……!"

"후훗. 가끔은 이름으로 불러줘도 되는데~?"

"쿠레하…… 선배……!"

"한 번 더, 힘내 봐."

그렇게, 선배의 이름만을 부른다는 허들을 넘어야 하더라도 나는 선배의 키스를 계속 받아들일 것이다.

그러기 위해선 지금까지 부끄러워서 하지 못했던 것도 가능할 듯한 기분이 들었다.

아니, 가능하다. 지금 이 순간, 부끄러움을 넘는다.

"쿠……."

"쿠?"

"쿠, 레하……."

선배와 좀 더 기분 좋은 키스를 나누기 위해 여러모로 생각도 해 봤지만, 역시 아직은 익숙하지 않은 상태라 겨우겨우 목소리는 나왔지만 꽉 막힌 목소리였다.

당연히 이 정도로 선배가 넘어가 줄 리가 없다.

"한 번 더."

키스를 멈추고 이름을 재촉했다.

나도 이대로 물러설 수는 없어서, 성원을 받아 선배의 이름을 불렀다.

"쿠레하……."

"좀 더."

"쿠레하."

"음."

내가 이름을 자연스럽게 말할수록 선배의 볼이 붉어졌다. 딸기 맛 술의 여운도 없어졌을 텐데 입술도 빨갛다. 오히려 아까보다 더 윤기가 더해져서 당장이라도 빨아들이고 싶다.

아마 지금은 얼굴을 가져다 대도 선배가 키스해 주지 않겠지.

이유는 간단하다. 내가 아직 선배가 바라는 것을 완벽히 해내지 못했기 때문이다.

그럼 언제 해낼 것이냐고 묻는다면 즉답할 수 있다. 오히려, 지금밖에 없다.

"쿠레하랑 좀 더 키스하고 싶어."

"잘했어."

이번엔 호흡을 맞추듯이 천천히 입술을 겹치는 쿠레하 선배.

오늘의 세 번째 키스는 지금까지 했던 키스 중에서 가장 달콤하고, 뜨거웠다.

아무래도 정답이었던 모양이다.

바닥을 굴러다니는 빈 캔. 손에 든 안주 봉지는 엎어져서 안에 든 초코릿피가 데굴데굴 굴러떨어졌다.

그건 전혀 신경 쓰지 않고 키스하며 선배를 강하게 끌어안았다. 정신을 차리니 서로를 끌어안는 포즈로, 선배는 내 등에 손을 올리고 손가락으로 등을 단속적으로 어루만졌다.

자연스럽게 감정이 고조되었다.

조금 더…… 조금 더 선배와 깊게 이어지고 싶어…….

고조된 마음을 키스로 해소하려는데, 다시 키스가 중단되었다.

"저기, 타카시 군. 유를 친구로만 생각하는 거 맞아?"

"또 유 얘기인가요……. 꼭 지금 얘기해야 하나요?"

"지금이니까 묻는 거야."

어째서 지금 이 타이밍일까.

의문이 남았지만 선배의 진지한 시선의 압박은 이길 수 없었다. 분명 '왜?'라고 물어도 나는 선배의 압박에 지고 말 것이다.

그렇다면 지금 생각하는 것을 솔직히 밝히는 방법뿐이다. 그것으로 선배가 편해진다면.

"……친구죠, 당연히. 곤란할 때 뭐든 그 녀석한테 물어보면 어떻게든 되거든요. 1학년일 때부터 절친이었어요."

"그래. 절친이라서 무심코 집에 들였다는 거구나."

"……그런 거죠."

무의식인지, 의식적으로 하는 건지, 등을 쓰다듬는 선배의 손가락이 간지러웠다. 그 탓에 마지막 대답을 할 땐 말이 조금 막히고 말았다.

웃었다가는 분위기가 깨질 것 같아서…….

내가 그런 생각을 하는지는 추호도 모르겠지. 쿠레하 선배는 매우 후련한 표정이었다.

"고마워. 이제 후련해졌어. 거리낌 없이 너랑 밤새 키스할 수 있어."

"어…… 밤새는 참아 주세요. 내일도 수업이 있어서…….."

"그럼 나를 굴복시켜 봐~. 물론, 키스보다 더한 걸 해도 괜찮아."

"키스보다 더한……?"

선배의 후련한 표정과 함께 던져진 '밤새 키스'에서 매력과 공포가 동시에 느껴져 동요를 감출 수 없었다.

그리고 키스보다 더한 것이란 말도.

그러나 당사자인 쿠레하 선배는 내 동요는 신경도 쓰지 않고 어떤 한 지점을 자극했다.

"여기를 처리한다거나?"

"으윽?!"

"아하하하! 움찔했어!"

"그야 당연하죠!!"

키스에 집중하느라 의식하지 않던 '민감한 부분'. 선배의 부드러운 엉덩이를 밀어붙이는 '단단한 자신'.

그곳의 선단을 손톱으로 긁으면 당연히 몸이 움찔거린다.

하지만 선배는 조금 전까지의 진지한 표정을 지우고 다시 요염한 표정을 지었다.

확확 바뀌는 선배에게 이미 매료되어 버린 나는.

"그래서, 키스 계속할래?"

"당연, 하죠……!"

단 한두 마디로 오늘의 네 번째 키스를 했다.

◇한담◇

"음…… 타카시, 군……."

"선배…… 선배, 선배……!"

"그렇게 집요하게 안 굴어도 나 안 도망쳐. 정말, 타카시 군은 귀엽다니까~."

"좋은 건, 좋은걸요…… 어쩔 수 없잖아요……!"

"으, 으음~."

찌잉. 가슴이 죄여들 정도의 두근거림이 덮쳐왔다.

아, 좋다. 좋아해. 좋아, 너무 좋아.

놀리는 게 망설여질 정도로 멋있는데, 그러면서도 여전히 나를 바라는 귀여움이 있다. 넘치고 만다. 좋아하는 마음이 흘러넘친다.

"……선배? 왜 그러세요. 목에 팔을 두르고……."

"으응? 떨어지기 싫어서. 별로였어? 별로면 바로 그만 할게."

"아, 아뇨…… 그게 아니라, 이대로…… 키스, 해요."

"응. 타카시 군이 그렇게 말한다면야 사양 안 할게."

"선배── 으읍?!"

"이, 름."

"쿠, 레하……."

"후후. 잘했어. 그럼 상으로 키스해 줄게."

흘러넘치는 마음이 욕망으로 나타나고 만다.

더 이어지고 싶다. 더 뜨거워지고 싶다. 좀 더, 타카시 군에게 이름이 불리고 싶다.

좀 더, 좀 더, 좀 더…….

"사랑해, 타카시 군."

나 말고는 생각할 시간도 없을 정도로 좀 더…….

"음…… 아침인가……."

눈을 뜨니 나는 포근한 침대에 누워 있었다.

잠들기 전, 선배가 매일 밤 틀어 주는 온풍기 덕분에 침대는 언제나 포근하다.

수면은 쾌적. 아침밥도 어느샌가 준비되어 있다.

술버릇이 고약하고 과하게 놀리는 걸 좋아하지만 선배는 훌륭한 연인이다. 내게는 아까울 정도다.

그리고 오늘도, 침대에서 나와 거실로 나가면 따뜻한 아침 식사와 사랑스러운 선배가 보이겠지. 그러리라 생각했는데──.

"좋은 아침, 타카시 군. 잘 잤어?"

"아, 네…… 덕분에……."

"덕분이란 건 무슨 의미로? 이불? 아니면 다른 거?"

"물론 선배가 정리해 준 침대 얘기죠."

"여기선 거짓말이라도 '쿠레하를 생각하느라 몸과 마음이 후련해졌어'라고 말해 줘야지."

"그래도 선배는 거짓말하면 바로 거짓말인 걸 알아채잖아요."

"그건 그렇지만."

선배는 내가 일어나는 것을 바로 앞에서 기다리고 있었다. 그리고 내가 눈을 뜨고 초점을 맞추자마자 싱긋 웃었다.

나도 덩달아 싱긋 웃고는 침대에서 일어나지 않고 선배와 잡담을 나눴다.

어떤 한 부분을 보지 않도록 노력하면서.

"안 일어나? 오늘도 학교 가지?"

"……선배가 일어나면 저도 일어날게요."

"뭐야─. 나도 네가 일어나면 같이 일어나려고 생각했는데~!"

어째서인지 같이 침대에 누워 있는 오늘 아침. 하지만 그건 사소한 문제였다. 언젠가는 선배의 옆에서 밤을 보내는 날이 찾아올 테니까.

물론 그건 내 욕망이고, 선배는 이미 눈치채고 있겠지. 그렇기에 선배는 이렇게 자신의 잠자리에서 빠져나와 내가 잠든 침대로 들어왔을 것이다.

그건 딱히 상관없다. 나는 선배가 어리광을 부리는 것도, 선배에게 놀림당하는 것도 좋아하니까.

"그런데 타카시 군."

"네. 왜 부르시죠?"

"이제 이름으로 안 불러주는 거야?"

"……그럴 마음이 들면 부를게요."

"술 마실 때라거나?"

"그건 노코멘트로."

이렇게 전날의 술기운으로 일어난 일을 언급하는 것도 이미 익숙해졌다.

'어제는 그렇게 나랑 꽁냥꽁냥 했으면서'나, '어제 타카시 군 귀여웠는데~'라는 말을 매일 아침 듣는다.

그래서 초반처럼 동요하는 일은 없어졌다.

시선을 피할 때는 있지만, 일어나자마자 선배의 귀여움을 직시할 용기가 없어서 그럴 뿐. 분명 언젠가는 선배의 눈을 바라보며 '좋은 아침, 쿠레하.'라고 이름을 부를 날이 오겠지.

하지만, 그러기 위해선 몇 개의 장애물이 남아 있다.

"하나 더 물어봐도 될까?"

"당연히 되죠."

"……왜 이쪽은 안 봐주는 거야?"

예를 들면, 그래── 내 이불 속에 잠입한 선배가 어째서인지 알몸인 점이라거나.

아니, 어쩌면 알몸이 아닐지도 모른다. 그렇게 생각하고 싶은 단계는 이미 지났다.

우선 첫 번째로 밀착도. 평소 끌어안았을 때의 감각과 옷 두 장 정도의 오차가 느껴지는 밀착도.

그리고 두 번째로, 부드러움. 몇 번이나 느껴왔던 부드러움과는 확연히 다른 부드러움.

마지막으로, 선배의 말투. 명백하게 날 놀릴 때 나오는, 달콤하고 짓궂은 말투.

"후훗."

포근한 이불을 들치며 가슴팍을 슬쩍 보여 주는 쿠레하 선배.

커튼 너머로 햇빛이 무방비하고 부드러운 선배를 비춰서 아름다운 가슴의 형태가 뚜렷하게 나타났다.

아아, 역시나······.

무의식적으로 선배의 손이 움직이는 대로 시선이 따라가던 나는 서둘러 고개를 돌렸다.

"으응? 궁금하면 봐도 되는데~."

"보, 보······ 볼 수 있을 리가 없잖아요!! 그보다, 봤다간 여러모로 참을 수 없을 것 같아서 참고 있다고요!!"

"오히려 나는 환영인데~."

"제가 환영할 수 없어요!!"

눈이 뜨이는 것도 정도가 있지. 아침부터 심하게 눈을 뜨고 말았다.

선배의 반대 방향으로 고개를 돌린 나는 보이지 않는다고 주장하며 저항했다. 선배는 선배대로, 내가 보도록 시선을 유도했다.

하지만 둘 다 알고 있다. 보고 말았다는 것. 보여 주고 싶다는 것.

그렇게 서로 솔직해지지 못한 채로 그저 침대 안에서 공방을 펼쳤다.

알몸인 것을 기회 삼아 여기저기에 부드러운 피부를 비비적거리며 유혹하는 선배와, 그 유혹에 지지 않도록 눈을 감고 선배가 포기하기만을 기다리는 나.

현재 시각은 아침 일곱 시. 평소라면 아침밥을 먹을 시간. 그래도 선배는 포기하지 않았고 나도 참았다.

유리한 건 물론 쿠레하 선배. 참기만 하는 나와 다르게 선배는 자유자재로 공격할 수 있으니까.

바지 너머로 불룩 부풀어 오르는 어딘가를 공격하면 나는 어찌할 방도가 없다.

"어때, 어때~. 타카시 군도 반격해 봐~."

"반격받고 싶다면 적어도 옷을 입어 주세요……! 애초에 왜 옷을 안 입고 있는 거예요……!"

"당연히, 너를 곤란하게 만들고 싶어서 그랬지."

"이 사람, 당당하게 말했어!"

침대 안에서, 여전히 나는 알몸인 연인에게 휘둘리기만 할 뿐.

아니, 손끝으로 배나 가슴을 이리저리 만지고 있다. 여자인 선배가 남자인 나를 말이다.

아무리 서로 접촉하는 연인 관계라 할지라도 계속 당하기만 하면 답답해진다.

그게 비록 선배가 기뻐하는 일이더라도.

선배가 선배 나름대로 나를 계속 놀리고 싶어 하는 것처럼, 내게도 나 나름대로 남자친구답게, 남자답게 행동하고 싶다. 쿠레하 선배가 어떻게 반응할지는 둘째치고.

그 쿠레하 선배는 내 반응에 항복하기는커녕 입꼬리를 늘이며 만족감을 드러냈다.

"이 사람, 이 아니라 '쿠레하'라고 불러 봐. 그러면 옷 입어 줄 수도 있고~?"

그런 말을 덧붙이며.

"혹시, 이불에 들어온 목적이 그거인가요?"

"당연하지."

"전례 없이 즉답하시네요……."

조심스럽게 물었다가 돌아온 대답에 나는 할 말을 잃고야 말았다.

고개를 돌리면서도 눈만큼은 선배의 시선을 포착했다. 이불에 둘러싸인 선배의 몸은 의식하지 않으려 노력하면서도, 역시 선배 본인에게선 벗어날 수 없다.

그리고 쿠레하 선배도 나를 놓아줄 생각이 없다. 동거를 시작한 지 몇 주가 지났다. 나를 향한 선배의 집착을 알기에는 충분한 기간이다.

그런 와중에도 선배의 새로운 일면을 발견하는 중이니 아직도 갈 길이 멀다.

"정말~! '쿠레하'라고 불러달라고 했잖아!! 진짜로 공격한다?! 굳이 말은 안 했는데 커진 거 이미 다 들켰거든??"

"거기에 관해서는 말 안 하는 게 매너잖아요! 그리고 이름은 조금 기다려 주세요!! 지금 당장 부르기에는 마음의 준비가⋯⋯!"

"그럼 얼마나? 얼마나 기다리면 술 안 마시고도 '쿠레하'라고 불러줄 건데?"

"일주일⋯⋯?"

"커진 거, 만질게?"

"죄송해요. 그래도 마음의 준비는 진짜 필요해요!!"

"칫⋯⋯ 그럼 딱 그때까지만 용서해 줄게."

"하아⋯⋯."

예를 들면 호칭에 남다른 고집을 보이거나.

어제 취했을 때 이름을 불렀던 게 마음에 들었는지 쿠레하 선배는 나의 커다래진 부피를 인질 삼아 다시 한번 내가 이름을 부르도록 종용했다.

다행히 내 필사적인 마음이 전해졌는지 지금 당장은 이름으로 부르는 것을 면할 수 있었지만, 그것도 시간 문제.

딱히 선배를 이름으로 부르기 싫은 건 아니다. 오히려 어제 선배를 '쿠레하'라고 불렀을 때 바닥을 알 수 없는 기쁨이라는 늪에 빠진 기분이었다.

비록 그 늪이 알코올성이긴 했지만, 나는 선배가 설레는 모습을 보고 아무것도 느끼지 못하는 바보가 아니다.

단지, 역시 일상이 되면 저항감과 부끄러움이 몰려온다. 적어도 연습할 기간이 필요했다.

"그럼 주방에서 아침밥 만들면서 기다리고 있을게. 타카시 군은 느긋이 나와."

"아, 네……."

"오늘도 내 억지 받아 줘서, 고마워."

내가 생각에 빠져 있자 어느샌가 선배가 침대에서 빠져나와 거실로 향하는 문을 끼익 열었다.

문 쪽으로 흘끔 시선을 보냈다. 선배의 알몸을 보지 않도록 의식을 바닥에 집중한 채로.

시야 구석에는 청바지와 니트 스웨터를 집어 드는 가녀린 팔이 간신히 잡혔다.

아, 긴장을 늦추지 않아서 정말 다행이다…….

나는 조금 안심하면서, 이런 과격한 아침은 참아 주길 바라며 선배를 침대 안에서 배웅했다.

"억지 부리는 건…… 나지……."

미적지근한 내 한심함을 입 밖으로 꺼내며…….

그 후, 나는 선배의 공세로 커지고 만 나를 위로하기 시작했다.

선배 좋을 대로 당하면서도, 푸는 대상은 선배가 아니라 내가 준비한 몇 장의 종이조각.

한심하단 것을 알면서도 그것을 행동으로 옮기지 못하는 겁쟁이인 나 자신이 더 한심스러웠다.

잘 알고 있다. 내가 겁쟁이란 사실은, 아플 정도로 잘 알고 있다.

그런데도 커다래진 분신은 선배를 생각할수록 열이 올랐고 몸속 수분을 중심으로 모았다.

문득 머리에 스치는 선배의 알몸. 이불을 들췄을 때 보인 부드러우면서도 예쁜 가슴 피부. 이불에 둘러싸여도 눈에 띄는 선배의 뛰어난 몸매. 감정이 날뛸 정도로 달아오른 분신.

나는 그것을 막지 않고 마음 가는 대로 여러 장의 종이에 방출했다.

내 한심함과는 반대로, 어딘가 후련한 기분이 들었다.

마음을 방출하고 시간이 조금 지난 후, 나는 선배가 기다리는 거실로 발걸음을 옮겼다.

선배의 일이다. 분명 맛있는 식사가 이미 준비되었겠지. 그렇게 생각하며 방문을 열고 거실로 향했다.

그곳에서 기다리던 건 예상대로 막 준비된 따끈따끈한 아침밥과──

"아, 개운해졌어, 타카시 군?"

"그러니까 그건 언급하지 않기로 했잖아요!!"

"우후후. 이름 안 불러 준 화풀이야~."

"화풀이라니……!"

분홍색 앞치마를 몸에 두르고, 청바지 너머로도 확실히 알 수 있는 탄탄한 엉덩이를 내게로 향한 채로 짓궂은 표정을 짓는 한 살 연상의 연인.

아, 정말이지. 정말 이 선배에게는── 쿠레하에게는 이길 수 없다.

마음속에서나 이름으로 부르는 나의 나약함을 원망하면서도, 역시 선배에게 놀림당하는 게 좋다는 사실을 실감하는 아침의 한때였다.

"그래서, 오늘은 대체 무슨 일인가요? 평소보다 심하게 적극적이잖아요."

"뭐야~ 나는 평소대로 한 것뿐인데~."

"얼버무려도 안 돼요. 선배의 웃음에서 일부러였다는 게 느껴지니까!!"

"날카롭네, 타카시 군. 아까는 나를 봐주지도 않았으면서."

"그야 알몸이니까 당연히 못 보죠……."

오늘 아침 있었던 일 때문에 투덜거리면서 나와 선배는 아침 식사를 이어 나갔다.

냉동식품이라고는 믿을 수 없는 퀄리티의 건포도 견과류 토스트에, 시금치 달걀 볶음, 그리고 감자 포타주 수프.

선배와 지내게 된 후부터 아침 식사가 너무나도 기대된

다. 예전의 에너지바로 때우던 아침과는 무척 달라졌다.

물론 선배가 온 이후로 마음 놓고 느긋하게 자기는 좀 어려워졌지만…….

특히 오늘 아침과 같은 일이 있는 날은 여러 의미로 잠기운이 날아간다.

선배가 평범한 미녀였다면 이 정도로 큰 문제는 되지 않았을 것이다. 상냥한 목소리로 일어나 두근거리는 아침을 보냈을지도 모른다.

하지만 쿠레하 선배는 그 정도로는 멈추지 않는다. 섹시함은 말할 것도 없고, 스킨십이 상당히 적극적이다.

일어나자마자 키스하거나, 깨지 않는 내 귓가에서 야한 책의 내용을 흥얼거리거나, 오늘 아침처럼 알몸으로 침대에 잠입하거나…….

그럴 때마다 선배는 볼을 붉히며 싱글싱글 웃는다. 그런 선배의 행동 하나로, 강하게 저항하려던 내 의지는 날아가 버린다.

그래서 몇 번이나 아침부터 당하고만 있지만…….

"뭐, 농담은 이쯤 하고."

"농담치고 살벌하네요……."

"오늘은 유의 집에서 하룻밤 자고 올 생각이야."

"어, 유의 집에서요……?"

나보다 먼저 식사를 마친 쿠레하 선배는 식기를 물에 담

그고 내게 오늘의 일정을 말했다.

표정은 여유로우면서도 진지 그 자체. 놀리려는 게 아니라 진심이라는 게 전해져왔다. 그런데도 선배는 역시 선배였다.

"응. 유랑 좀 더 친해지고 싶어서. 아, 괜찮아. 타카시 군을 위한 러브콜은 잊지 않을 테니까!"

자연스레 장난을 섞어 넘어가는 걸 잊지 않는다.

"지금까지 늘 해왔던 것처럼 말하지 말아 주실래요?! 러브콜은 별로 한 적 없잖아요?!!"

당당한 표정의 선배에게 사실을 들이댔지만 당사자인 그녀는 꿈쩍도 하지 않았다. 그뿐만 아니라 내 태클을 기다렸던 것처럼 싱긋 웃었다.

"그럼 안 해도 돼?"

"해 주세요……."

내 대답을 꿰뚫어 본 듯이.

선배의 러브콜. 관심이 안 생길 리가 없다. 오늘뿐만 아니라 매일, 아니, 하루에 세 번씩 받고 싶어질 정도다.

청각만으로 선배의 사랑을 느낀다. 그건 대체 어떤 감각일까, 상상도 되지 않았다.

지금까지 맛본 적 없는 체험을 시켜 준다는데 거절할 이유가 있겠는가. 아니, 애초에 거절할 생각이 없었다.

분명 선배는 전부 예상하고 러브콜을 제안했겠지. 정말이지 방심할 수가 없다.

"그럼 정해졌네. 외로워지면 타카시 군이 먼저 러브콜 걸어도 괜찮아."

"어느 쪽이든 러브콜은 정해진 거군요……."

"하기 싫어?"

"……해주길 바란다면 해야죠."

"그럼, 해줘."

"아, 알았어요."

분명 내가 먼저 외로움을 느끼고 선배에게 전화를 걸겠지.

평소라면 나와 있을 시간에, 선배는 유의 집에서 무엇을 하고 무슨 대화를 나눌까, 여러모로 상상하다가 결국 한계를 맞이해서…….

일어날지도 모르는 미래를 상상하며 나를 바라보는 선배의 눈에 가슴 깊숙한 곳이 뜨거워졌다.

결국 가슴의 열이 폭발한 점심에 이른 러브콜을 거는 바람에 놀림당하고 말았지만…….

"아…… 심심하네……."

학교 수업이 끝나고 지금은 저녁 여덟 시.

딱히 할 일도 없어서 소파에 몸을 파묻은 나는 마치 녹아내린 슬라임 같았다.

무기력하고, 생기도 없고, 그냥 존재하기만 할 뿐. '사람의 형체를 한 무언가'가 되었다.

"선배가 집에 없으면 이렇게 심심하구나……. 식사도 눈깜짝할 새에 끝났고 과제는 학교에서 다 해놨고, 이제 뭐하지……."

선배와의 식사에 익숙해진 덕분에 다른 식사도 아침 식사처럼 제대로 차려 먹게 되었다. 주방은 환풍기를 틀었는데도 햄버그 스테이크를 구운 향이 남아 있다.

집에서 선배와 꽁냥꽁냥 하는 것이 일과가 된 덕분에, 학교에서 먼저 과제와 공부를 끝내두는 습관이 생겼다.

그래서 오늘은 선배가 없는데도 집에서 할 일이 없는 상황이다.

"……술이라도 마실까."

나는 고민한 끝에 일과가 되어버린 또 다른 스케줄, 저녁 반주를 하기로 했다.

주방에서 내가 좋아하는 달콤한 술을 꺼냈다. 하지만 그것으로 끝나지 않았다. 나는 문득 떠오른 것을 실행하기로 했다.

"모처럼이니까 섞어 볼까."

주방에서 꺼내 온 건 복숭아주와 감귤주. 병 속 내용물이 반으로 줄어 있는 그것을 컵에 일대일로 부었다.

복숭아와 감귤. 아주 생소한 조합은 아니다. 섞어서 파는 과일 통조림도 있으니까.

복숭아주의 걸쭉한 유동성과, 감귤주의 상큼한 시트러스 향이 섞여 컵에서 트로피컬 분위기가 풍겨 나왔다.

자연스레 침이 고이고 목이 말랐다.

"……오늘 정도는 괜찮겠지."

선배가 없는 곳에서 마시는 술은 어쩐지 금기처럼 느껴졌다.

섞은 건 항상 선배가 마시는 술인데, 완성된 건 평소보다 감미로운 분위기를 풍기는 미지의 술.

잘 생각해 보면 아무도 없는 곳에서 술을 마시는 건 오늘이 처음인 것 같았다.

그렇게 생각하니 눈앞의 술에 미지의 공포가 느껴진다.

평소엔 선배와 달콤하게 꽁냥꽁냥 하느라 술에 취한 감각을 잘 느끼지 못했다.

아니, 선배와 함께 있느라 취기를 눌러와서, 술의 무서움을 직면할 일이 없었던 것일지도 모른다.

지금 눈앞에 있는 술은 도수 15퍼센트. 평소 선배와 마시는 술과 크게 다르지 않은 도수지만 양이 다르다. 상태가 다르다. 기분이 다르다.

서서히 트로피컬한 술에서 몸이 멀어지려던 그때.

뚜르르르르……!

귀에 익은 벨소리. 그러면서도 특별한 벨 소리.

"……선배?"

그건 구원의 전화였다.

외로움을 느끼던 순간에 전화를 걸어 주다니, 멀리 떨어져 있어도 내 기분이 전해진 게 아닐지 착각하고 만다.

[여보세요~! 타카시 군~! 오늘 두 번째 러브콜이야~!]

낮과는 다르게 영상 통화. 밝고 활기찬 선배의 옆으로 낯선 백발 미소녀가 새빨간 얼굴로 손을 흔들었다.

"……어어, 누구세요?"

[누, 누구냐니. 말이 너무하잖아! 나야, 나! 유라고!]

"유라니…… 뭐어?!"

목소리는 틀림없이 유 그 자체였다. 말투도 틀림없는 유. 그런데도 지금 영상 통화로 보는 광경을 믿을 수 없었다.

사람들 앞에선 완고하게 후드를 벗기 싫어했던 유가 이렇게 맨얼굴을 드러냈으니.

그리고 그 맨얼굴이 무심코 넋을 잃고 보게 될 정도의 새하얀 미소녀라는 점에 놀라움을 숨길 수 없었다.

아니, 놀라지 않을 수 없었다. 선배를 그리워하며 전화를 받았더니 거기에 끼어든 게 맨얼굴을 드러낸 친구였으니까.

[후후후, 놀랐어?]

"그야 놀라죠…… 대체 어떻게 수단을 쓰신 거예요?"

[뭐야. 애인을 의심하는 거야?]

"의심할 만한 짓은 안 했다는 건가요?"

[물론 안 했지!]

당당한 얼굴로 우쭐거리는 연인에게 내가 바로 의심의 눈길을 보내는 건, 분명 쿠레하 선배의 평소 행동 때문이겠지.

선배를 의심한다기보다는, 선배가 유에게 평소처럼 행동하지 않을지가 걱정스러웠다.

"쿠레하 선배는 그렇다는데, 실제론 어때? 유."

[……뭐, 좀 이런저런 일을 당했지.]

[유?!]

"역시나……."

예상대로 선배의 놀리기 좋아하는 성향이 유에게도 향한 모양이었다.

반대로 말하자면 그만큼 선배가 유에게 마음을 열었다는 뜻이니, 그건 그것대로 좋은 일이다. 그러나 그에 반해 내 마음은 어딘가 불편해졌다.

[아, 그래도 안심해. 내 몸과 마음은 계~속 네 거니까.]

뭐, 결국 찜찜한 마음도 선배의 말 한마디에 치유되어 버렸지만…….

시간을 거슬러 올라가, 저녁 여섯 시. 장소는 학교에서 멀지 않은 여성 전용 2층짜리 아파트.

남자의 출입이 금지되는 여성들의 공간 일각에서 두 여대생이 친목을 다지는 중이다.

"자~, 오늘은 잔뜩 즐기자~!"

"쿠레하 선배! 쉿!! 여기 벽이 얇다고요!!"

"오히려 이웃에게 우리 사이가 좋다는 걸 어필할 절호의 기회라고 생각하는데, 넌 어때?"

"어때? 가 아니라요! 민원 들어와서 쫓겨나면 어떡하냐고요!!"

"그때는 그때 생각하면 되지! 뭐하면 타카시 군 집에 얹혀 살래?"

"아뇨, 그건 좀……. 저, 눈치는 잘 챙겨야 한다는 주의라서요."

"빠질 타이밍을 잘 아는 아이는 싫지 않아."

"감사하네요."

팔다리를 움직이며 의기양양한 쿠레하와 달리, 집 주인인 유는 당황한 모습으로 선배를 조용히 시키려고 분투했다.

자신의 집인데도 트레이드 마크인 후드를 벗지 않은 채로, 쿠레하의 농담에 꿈쩍도 하지 않고 건성으로 이야기를 흘려보냈다.

그런 고고한 유의 반응에 쿠레하는 만족스러운 표정을 보였다. 그런데도 유는 가볍게 흘려버리며 쿠레하를 거실로 안내했다.

"그래서, 오늘은 어쩐 일이세요? 제 집에서 묵고 싶다니.

그 녀석이랑 무슨 일이라도 있었나요?”

거실로 안내한 직후 유는 쿠레하에게 본론을 꺼내 들었다.

어젯밤, 갑자기 '내일 재워 줘'라며 친구 애인의 메시지를 받은 탓에 조금은 걱정스러운 모습.

혹시 내가 타카시의 집에 들어갔던 일에 아직도 화가 안 풀렸나……?

친구의 부탁이 있었다고는 해도 애인과 사는 집에 쉽게 발을 들인 건 역시 실례였겠지……. 아, 또 실수했다…….

유의 마음속에 검은 마음이 소용돌이쳤다.

자기혐오, 자기부정. 열등감.

지금, 이곳에 쿠레하가 있다는 것 자체가 자신의 탓이라는 듯, 책임을 전부 자신에게 돌리며 후드를 깊게 눌러썼다.

하지만 돌아온 반응은 유의 생각과는 정반대였다.

“으응? 타카시 군이랑은 여전히 러브러브한데~? 낮에는 타카시 군이 외로워서 러브콜도 걸어 줬는걸.”

“아, 네……. 그렇군요……. 러브러브라 다행이네요…….”

맥 빠지는 쿠레하의 대답에 후드를 잡은 유의 손가락 힘이 풀어졌다.

그런 유에게, 쿠레하는 타카시에게서 온 통화 이력을 보여 주며 몸을 배배 꼬았다.

“타카시 군도 참. 좋아한다고 몇 번이나 말해 줬더니 서둘러 끊어 버리지 뭐야. 귀엽기는.”

다른 사람의 집인데도 볼을 붉히며 망설임 없이 연애 사정을 입에 담는 쿠레하의 옆에서, 유는 어색한 얼굴로 시선을 돌렸다.

하지만 쿠레하는 유의 미약한 변화를 놓칠 정도로 목적을 잊지 않았다.

"그럼, 농담은 여기까지 하고."

"진담인 줄 알았네요……."

"너에 관해 더 알고 싶어서 왔어. 있는 그대로 말하자면, 친해지고 싶어."

유의 작은 태클을 무시하며 진지한 얼굴로 '친해지고 싶어'라고 선언하는 쿠레하.

유의 앞에는, 조금 전까지 애인을 생각하며 몸을 배배 꼬던 사람과 동일 인물인지 의심스러울 정도로 인상이 바뀐 선배가 있었다.

"……딱히 저에 관해 알아도 재미는 없을걸요. 타카시를 놀리는 편이 몇 배는 재밌으실 거예요."

"그건 맞는 말이지."

평소의 쿠레하다운 이미지는 남았지만 표정은 진지 그 자체였다.

그런 갭에, 유는 강하게 불만을 이야기할 수 없었다.

"그래도 놔둘 수가 없어서. 타카시 군도, 유도."

"……그건 불쌍해 보인다는 말씀이신가요?"

유가 겨우겨우나마 할 수 있는 것은 쿠레하의 본심을 살피는 것.

유에게는, 누군가가 자신을 불쌍히 여기며 다가오는 건 딱히 드문 일도 아니었다.

항상 후드를 뒤집어쓰고 남의 눈치를 보는 사람은 남들에게 구경거리로 여겨지기 마련이다. 제대로 된 생활을 하지 못하는 사람을 도와주고 자신의 평판을 올리려는 사람은 얼마든지 있다.

그 때문에, 그녀에게 없어선 안 되는 후드를 벗기려고 하는 사람도 있었다. 후드에 둘러싸인 환경이 유가 바란 결과인데도.

그런 일을 겪었기에 유는 사람들의 시선을 남들보다 더욱 경계했고, 그 경계심을 들키지 않기 위해 후드를 깊게 눌러쓴다.

그리고, 자신을 불쌍하게 여기는 시선은 지금 그녀가 싫어하는 것 중 하나였다.

하지만 쿠레하가 유에게 보내는 시선과 마음은 불쌍해서가 아니다.

"……아니야. 단순히 알고 싶은 거지, 나는. 유가 왜 후드를 눌러쓰고 사람을 멀리하는지를."

"알아서 어떻게 하시려고요?"

"아무것도 안 해."

"……네?"

"그야, 유가 그러고 싶어서 하는 거니까 억지로 바꿀 필요 없잖아. 나도 그런걸."

그저 순수한 호기심. 해할 마음은 전혀 없고, 무언가를 베풀 생각도 없이 그저 물어봤을 뿐. 정말, 단순히 그것뿐이었다.

"나는 좋아하는 사람을 놀리는 게 엄청 좋거든. 그게 미움받는 행동이더라도, 이런 나를 그대로 좋아해 줬으면 좋겠어."

자신이 자신으로 있기 위해 정한 것이라면 상관없다.

그게 쿠레하가 자신답게 사는 이유였고, 아무리 타카시가 불만스러운 표정을 지어도 놀림을 멈추지 않는 이유이기도 했다.

좋아하니까 놀린다. 놀리는 자신을 좋아해 줬으면 한다. 단지 그것뿐.

"왜냐하면 그게 나고, 내가 하고 싶은 거니까."

쿠레하는 진지한 표정으로 그렇게 말했다.

"유는 어때? 지금 그대로가 좋아? 아니면 뭔가 바라는 게 있어?"

그렇게. 말을 덧붙이면서.

"……특별 취급, 받고 싶지 않아요."

외로이 후드를 쓴 소녀에게서 흘러나온 본심.

그건 친구를 대하는 시원시원한 모습과는 완전히 다른, 연약한 말투였다.

하지만 그렇기에 대면한 상대에게 진지함이 전해졌다.

"자세히 말해 줄래? 괜찮아. 나는 언제든 유의 편이니까."

"정말인가요……? 마음이 바뀌거나, 하진 않으실 거죠?"

"나는 노력하는 아이를 좋아해. 노력하고 노력해서 상황을 바꾸려는 아이가 정말 좋아."

"타카시처럼?"

"응. 타카시 군도. 놀림당하지 않으려고 노력하는 타카시 군한테 언제나 두근두근하는걸."

주책스러운 애인 이야기와는 다르게, 쿠레하의 눈은 날카로웠다.

가끔 화제를 바꿔가면서도 유의 고민에 몰입하는 모습.

그 모습에서 타카시 앞에서 보이는 '덜렁거리는 모습'은 전혀 보이지 않았다.

그뿐만 아니라 너무나도 진지한 쿠레하에게선 터프함마저 느껴졌다.

"그러니까, 유가 노력하는 모습을 보고 마음이 바뀔 일은 없어."

"그렇……군요……."

평소와는 너무나도 다른 쿠레하의 모습에 유는 말문이 막히고 말았다.

"아, 미안. 정정. 마음은 바뀌겠지."

"네?"

"그야 유한테도 두근거릴지도 모르잖아?"

"아, 아하하……."

갑자기 평소 모습대로 돌아가는 태세 전환 속도에 또다시 말문이 막힌 유.

"그래서~? 유한테는 무슨 고민이 있을까~?"

불안한 표정을 짓는 유를 본 쿠레하는 기회를 놓치지 않고 그녀를 추궁했다.

그래도 타카시를 대할 때와는 다르게 고민을 진지하게 받아들이는 억양이었다.

딱딱한 분위기를 풀기 위한 억양. 타카시에게 애교 부릴 때 내는 목소리와는 비슷하면서도 달랐다.

그리고 타카시 앞에서 쿠레하의 목소리가 변화하는 것을 목격한 유는, 지금 쿠레하의 목소리에 어떤 의도가 담겼는지 알 수 있었다.

자신의 긴장을 풀어 주려는 거구나, 하고.

쿠레하의 배려에 부응하듯이, 유는 감췄던 것을 천천히 드러냈다…….

"어어, 그게……. 이래서, 인데요……."

"와! 하얘!"

후드를 벗은 소녀의 머리카락은 쿠레하의 반응처럼 새하

얬다. 그건 염색과는 다른, 자연적인 백발이었다. 반면, 고개 숙인 소녀의 얼굴은 부끄러움으로 새빨개졌다.

"저기, 이거 자연모야? 만져봐도 돼?"

"괘, 괜찮아요……."

"그럼 감사히~."

몇 개월, 몇 년 만에 가족 외의 사람에게 하얀 자연모를 드러내고 부끄러움의 정점에 달한 유.

그런 하얀 소녀의 앞에서, 쿠레하는 흥미진진한 표정으로 머리카락으로 손을 뻗었다.

그리고 머리카락을 만져도 된다는 허락을 받자마자 천천히 상냥한 손길로 유의 머리를 쓰다듬었다.

예쁜 손을 더욱 맑게 해주는 듯한 새하얀 유의 머리카락은, 자연모인지 의심하는 것도 당연할 정도로 성스럽게 반짝였다. 가늘고 길고 건강한 머릿결이란 말이 튀어나오는 것도 당연한 일. 쿠레하도 예외는 아니었다.

"으음, 좋다. 부들부들해~. 손질도 잘 됐고 매끄러워! 부럽다!!"

제 머리카락을 떠올리며 부러움의 눈으로 유의 머리를 계속 쓰다듬는 쿠레하.

아름다운 적발을 지닌 쿠레하지만, 그녀는 결코 그녀의 머리카락을 좋아하지 않았다. 색깔이 아니라 머릿결이 마음에 안 드는 거지만.

예쁜 헤어 색상과 다르게 뻣뻣해서 손질하는 것도 고생. 그런 제 머리카락을 좋아하지 않아서, 유의 윤기 나는 머릿결에 더욱 부러움을 숨길 수가 없었다.

하지만 그건 유가 상상하는 반응과는 달랐는데…….

"……그것뿐인가요?"

"그것뿐이냐니?"

"어어, '외국인 같다'거나……, '일본인 같지가 않네~'라거나…… 그런 말이 하고 싶진 않으신지…….."

자신의 고민을 밝힐 수밖에 없었던 유. 콤플렉스라고 해도 좋았다.

일본인에게선 거의 볼 수 없는 백발. 사람들은 희귀한 동물을 보듯이 했고, 동급생들은 거리를 뒀고, 유는 언젠가부터 맨얼굴을 가리고 생활하게 되었다.

유일한 위안은 부모님의 '무리 안 해도 괜찮아'라는 말.

하지만 유가 느껴왔던 주변 시선의 공포는 미처 떨쳐낼 수 없어서 지금에 이르렀다.

그것을 깨트린 것이 자신처럼 머리카락 색깔이 일반적이지 않은 대학 선배.

"일본인이 백발이면 뭐 어때? 나도 머리카락 빨갛지만 의심할 여지 없는 일본인인걸."

"아…… 그러네요…….."

맨얼굴을 보이지 않는 자신에게도 절친이 생겼고, 그 절

친의 애인에게 맨얼굴을 보이게 되었다.

아무도 예상할 수 없었고, 쿠레하조차도 유가 제 머리카락 색깔로 고민할 줄은 상상도 못 했을 것이다.

적어도, 타카시는 유가 후드를 쓰는 것을 신경 쓰지 않았으니까. 당연히 애인인 쿠레하에게 말했을 리가 없다.

계기는 단순한 우연.

"혹시 그런 소리 들어본 거야?"

"아, 네…… 고등학교 졸업할 때까지 계속."

"그렇구나. 힘들었겠네. 저번에 칵테일바에서 만났을 때 내가 그 부분을 건드렸나 봐. 미안해."

"아, 아뇨……! 예전 알바처에서도 자주 들었던 얘기라 신경 안 써요!"

쿠레하의 단골 칵테일바가 유의 알바처였고, 유는 그날만 임시로 홀에서 일하게 되었다.

겹친 우연으로 유의 콤플렉스가 밝혀졌고, 해결을 향한 길이 나기 시작했다.

"……신경 안 쓴다니, 감각이 무뎌진 거야? 그러면 안 돼. 자기한테 솔직해져야지."

"솔직, 이요……."

스스로는 깨닫지 못한 점도, 비슷한 입장인 사람의 말이 자각의 계기가 되곤 한다. 해결을 위한 길이란 건 그런 것이었다.

"특별 취급당하고 싶지 않다고 했지? 그런 거라면 솔직해질 상대가 옆에 있잖아."

"쿠레하 선배를 말씀하시는 건가요?"

"아니? 나는 오히려 특별 취급하며 귀여워해 줄 건데~?"

"그럼, 설마…….”

"그 설마가 맞아~. 괜찮아. 맨얼굴은 부끄러울 테니까 우선 저녁 반주부터 시작해 볼까!"

그렇게, 가방 안에 넣어둔 대량의 츄하이가 등장했다.

"단 거, 쓴 거, 아니면 새콤한 거! 일단 다양하게 가져와 봤어! 자, 유는 어떤 거로 취해 볼래?"

"어떤 거로 취할래? 가 아니잖아요! 뭐예요, 이 많은 술들은?!"

"응? 유랑 같이 마셔야지~ 하면서 집에 오기 전에 근처 슈퍼에서 잔뜩 사 왔지."

"아니, 부르지 그러셨어요……. 이 양을 혼자서 들고 오시다니…….”

"그야 부르면 서프라이즈를 못 하잖아."

"술을 사 오신 것보다 이 양을 혼자서 들고 왔다는 점이 더 서프라이즈예요!"

거실 테이블에 늘어선 수많은 츄하이 캔에 유는 놀라움을 금치 못했다. 츄하이 캔의 양보다도, 아무 망설임 없이 혼자서 유의 집까지 이것들을 들고 온 쿠레하의 행동력에.

게다가 보통 츄하이도 아니라 전부 롱캔. 농후 복숭아, 하이퍼 드라이, 동결 레몬 등, 전부가 길고 큰 캔이었다. 작은 사이즈의 츄하이 캔은 쿠레하의 가방에서 나오지 않았다. 그런 상황을 맞닥뜨린 유의 표정에, 쿠레하는 만족을 표했다.

"뭐, 그건 됐고. 이럴 때야말로 술이지, 술. 유, 술 좀 마시지? 타카시 군이 고깃집에 갔을 때 엄청나게 마셨다고 하던데."

"그게, 어느 정도는…… 마시긴 하지만. 뭐랄까, 좀…… 자연스럽게 휩쓸리는 기분인데요."

"으응? 나는 잘 모르겠는데~?"

"뭐, 저도 좋지만요. 어차피 타카시한테 제 맨얼굴을 보여 주고 놀릴 생각이시죠."

"어머, 들켰네?"

"선배랑 저는 생각이 비슷하니까요. 뭐, 타카시라면 상관없어요. 그래도 맨얼굴은 좀 쑥스러우니까 먼저 술이 들어가야 하겠지만요."

"후훗. 그거야 당연하지~."

쿠레하의 제안이 함정이란 것을 알면서도 유는 테이블에 놓인 술 중 하나를 집어 들었다.

마음속으로 '오히려 맨얼굴을 보여 주려면 마실 수밖에 없어'라고 중얼거리며.

쿠레하에게 맨얼굴을 보여 주는 것과 타카시에게 맨얼굴을 보여 주는 것은 결정적인 차이가 있었다. 물론 공통점도 있다. 쿠레하는 그 미모와 몸매 탓에 제법 곱지 않은 시선을 받았고, 타카시도 쿠레하와의 교제 사실 때문에 적대적인 시선을 받고 있으니까.

하지만 그 시선엔 차이가 있다. 한쪽은 그녀 자신에게 향했고, 한쪽은 그의 위치에 향했다는 결정적인 차이가. 그리고 유가 지금까지 받아온 맨얼굴을 향한 웅성거림은 그녀 자신에게 향한 것이다.

그래서 유는 쿠레하의 앞에서 콤플렉스인 맨얼굴을 드러낸 것일지도 모른다.

물론 타카시도 신뢰하므로 술에 몸을 맡기는 것'만'으로도 맨얼굴을 드러낼 마음을 먹은 것이지만.

그런 유의 모습을 보고 쿠레하는 왠지 자애로운 표정을 지었으나, 그 표정은 길게 이어지지 않았다.

"그런데 좀 그러네~. 조금 불안하긴 해."

그 말과 함께 쿠레하의 표정은 유를 놀리는 표정으로 바뀌었다.

하지만 이미 손에 든 하이퍼드라이를 마시기 시작한 유의 눈에는, 쿠레하의 표정이 들어오지 않았다. '다음은 뭐 마시지……' 생각하며 가방 안에서 꺼낸 초코 쿠키를 오독 오독 깨물어 먹는 데에 집중했으니까.

하지만 이것도 길게 이어지지 않았다.

"불안하단 건, 뭐가요?"

"뭐냐니, 그야 타카시 군의 반응이겠지?"

"타카시가 제 맨얼굴을 보고 거부 반응을 보일 것 같지는 않은데요."

"아니, 그게 아니라……."

"……?"

"유한테 반하면 어떡하지— 하고……."

"네에엑?!"

쿠레하가 던진 폭탄에 동요하지 않을 수 없었으니까.

"……후훗. 어때? 조금 깜짝 놀랐어?"

"그, 그야 놀라죠!!! 뭐예요, 그 터무니없는 농담은!!!"

"미안, 미안. 유는 자기가 귀엽다는 사실을 자각 못 한 것 같길래 놀리고 싶어져서."

"제발 농담은 멈춰 주세요……."

놀람과 동시에 조금 뿜어 버린 맥주를 서둘러 손수건으로 닦으며 쿠레하에게 놀림을 멈춰 달라고 못을 박는 유.

여자로서 귀여워지고 싶었고, 드러내지 않는 맨얼굴이지만 귀여워지도록 노력해 온 유였다. 아직 얼굴에 자신이 없는 그녀에게 쿠레하의 말은 심장에 좋지 않았다.

"으음, 놀리는 건 맞지만 농담은 아닌데?"

쿠레하의 진지한 말도. 그 뒤에 이어진 말도.

"……네?"

"타카시 군이 유한테 반해 버릴까 봐 불안한 것도, 귀여운 유한테 질투하는 것도, 전부 진심이야. 농담이 아니라."

유에게는 미지의 영역이니까. 그리고, 진지하면서도 어딘가 쓸쓸해 보이는 쿠레하의 표정도 또한 미지의 것이었다.

"아, 아니, 아니죠!! 타카시가 뜬금없이 저한테 반할 리 없잖아요!! 평소 그 녀석이 어떤지 모르시는 거예요?! 쿠레하 선배한테 홀딱 빠졌다고요!!"

"그래도 다른 여자애한테 절대 흔들리지 않으리란 장담은 못 하잖아."

"그래도 저는 아니죠. 어디까지나 친구로 끝. 그 녀석도 분명 그럴 거고요. 쿠레하 선배가 불안해 할 일은 전혀 없어요."

"그래? 그러려나……?"

"그렇다니까요. 정말로."

처음 보는 시무룩한 쿠레하의 모습에 유는 놀라움을 감추지 못했다.

그래도 계속되는 유의 격려에 기운을 차린 쿠레하는 그 기세대로 타카시에게 러브콜을 걸기로 했다. 이번엔 반대로 타카시의 목소리를 들은 유가 동요하게 되었지만…….

[타카시 군은 지금 뭐 하고 있어~?]

"저요? 저는 뭐…… 그냥 멍하니 있었네요."

[그렇게 말하면서 실은 내 러브콜을 목 빠져라 기다렸던 건 아니고~?]

"그, 그건……."

[아, 정곡이었나 보네.]

"……."

영상 통화. 그건 상대의 표정을 보며 통화할 수 있는 농밀한 시간. 물리적인 거리는 떨어져 있어도 곁에 있는 것처럼 연인을 느낄 수 있는 행복한 시간.

하지만 그건 상대도 마찬가지였다. 작은 마음의 동요도 얼굴에 드러나면 들켜버리고 만다.

눈을 피하거나. 조금 동요하거나. 정곡을 찔려서 할 말을 잃거나.

행복한 시간이지만 평소와 같은 일상에서 벗어날 수는 없었다.

하지만 작은 표정 변화까지 상대에게 전해지는 영상 통화여도, 마음속 생각까지 전달되지는 않는다.

쿠레하 선배한테 전화가 안 왔으면 분명 내가 먼저 전화 걸었겠지…… 같은 생각 말이다.

그렇게 생각하면 물리적으로 떨어져 있는 영상 통화여서 다행이라고 생각했다.

분명, 안절부절못하는 모습을 얼굴뿐만 아니라 팔다리와 몸 전체, 혹은 놀렸을 때의 반응으로 알아챘을 테니까.

내 연인인 쿠레하 선배는 그런 사람이다.

하지만 놀리기만 하는 사람은 또 아니었다.

[밥은 잘 먹었어?]

"먹었어요."

[컵라면으로 때운 건 아니지?]

"햄버그 스테이크로 제대로 차려 먹었어요. 아, 당연히 요리는 제가 했고요."

[그렇다면 다행이고.]

이런 식으로, 동거 전엔 제대로 챙겨 먹지 않던 나를 걱정해서인지 저녁 식사 확인까지 하는 가정적인 면이 있어서 또 반하고 만다.

새빨간 머리카락을 흔들거리며 싱긋 웃는 선배.

선배와 지낸 후부터 식생활이 확 바뀌어서, 지금은 제대로 챙겨 먹지 않으면 찜찜할 정도이다.

인간이라면 제대로 식사하는 게 보통이지만, 동거 전의 나는 식사보다도 쿠레하 선배를 떠올리는 시간이 중요해서 그쪽을 우선하는 게 보통이었다.

지금도 그런 시간이 사라진 건 아니다. 하지만 선배를 슬프게 만들면서까지 할 일은 아니라는 생각에, 생활을 개선해서 지금에 이르렀는데…….

순간, 불안한 점이 생겼다.

바로, 상기된 볼. 확실히 술을 마신 모습에 일말의 불안이 느껴졌다.

그 불안을 해소하기 위해 나는 가볍게 물어보기로 했다.

"그런데 쿠레하 선배는 밥 먹었어요? 술만 마시는 게 아닌지 걱정되는데요……."

[후후후…… 걱정할 필요 없어! 오늘은 아직 이 한 캔만 마셨으니까!! 밥도 이따가 먹을 거야!]

선배의 말과 함께 화면에 나타난 건 선배가 든 복숭아주.

점점 불안이 짙어졌지만, 아직은 괜찮은 것 같다는 생각도 들었다.

그런 마음을 억누르며 나는 옹호하는 말을 입에 담았다.

"한 캔이라면서 제대로 롱캔으로 드셨네요. 뭐, 그 한 캔뿐이라면 괜찮지만……."

[그럴 리 없잖아. 너는 남자친구로서 선배가 어떤 사람인지 모르는 거냐?]

옆에서 날아온 친구의 엄격한 말투가 끼어들기 전까지는.

"……유?"

[이걸 보라고, 이 참상을!!!]

내 대답을 듣기 전에 유는 쿠레하 선배에게서 스마트폰을 빼앗아 들었는지 화면이 크게 흔들렸다. 그와 동시에 시끄럽게 소란을 피우는 연인과 친구.

[어, 잠깐…… 유, 뭐 하는 거야?!!]

[각오하세요! 계속 저를 놀린 벌이에요!!]

[유가 귀여운 게 잘못이잖아!]

사이가 좋은 건지, 나쁜 건지. 싸우는 소리는 들렸지만 그다지 화난 목소리는 아니었다. 그 와중에 보인 광경에 나는 옹호하는 것을 잊고 말았다.

"……선배, 이건 너무 많이 산 거 아닌가요?"

[어, 어쩔 수 없잖아. 유가 얼마나 마시는지 모르는걸…….]

[그런 것치고는 당당한 얼굴로 가방에서 꺼내셨잖아요.]

[유……! 쉬이잇!!]

"선배……."

화면 너머로 보인 것은 쭉 늘어선 롱캔. 그 양은 확실히 둘이 마실 만한 양을 넘어섰다. 게다가 그것을 쿠레하 선배 혼자서 들고 갔다니.

선배가 러브콜을 걸었을 때 느낀 두근거림은 어느샌가 사라지고, 반대로 어떠한 의무감이 강하게 들었다.

"이대로 밥 먹을 때까지 통화할 건데 괜찮죠?"

[……네.]

혹시 선배, 나와 있을 때가 아니면 밥을 잘 안 챙겨 먹나?

남을 향한 울분은 자기도 모르는 새 쌓이고, 언젠가 그것을 발산하지 않으면 어딘가에서 폭발하고 만다. 그 시기는 각자 다르고, 수용량도, 계기도 전부 각양각색이다.

단지 남을 향한 울분은 예외 없이 모든 사람에게 쌓이는 법이다. 그 상대가 연인일 수도 있다는 사실을 오늘 깨닫게 되었다.

"자, 선배. 빨리 요리하는 모습 보여 주세요. 술이 들어간 선배의 멋진 모습을 보여달라고요."

[우우…… 아픈 곳을 찌르네……. 이대로 술이랑 안주로 잘 넘겨보려고 했는데…….]

"제 식생활을 고쳐 놓은 장본인인 선배가 식사를 안 챙기면 어떡해요. 아침에 본 선배는 어디 갔냐고요."

[아, 아침은 제대로 먹어야 하잖아!]

"저녁도 제대로 먹어야 한다고 생각하는데요."

[으윽…….]

평소 놀림당한 울분을 반대로 연인을 놀리는 것으로 발산할 수 있었다.

영상 통화 너머로 선배를 놀리자 조금 시무룩해지거나, 당황하거나, 정곡을 찔려 놀라거나. 평소엔 볼 수 없는 선배를 볼 수 있어서 만족스러웠다.

굳이 말하자면 이 광경을 영상으로 남겨둘 수 없다는 점. 어디까지나 영상 통화인 탓에 이 광경은 이 순간에만 볼 수 있었다. 그것 하나가 불만이었다.

가능하다면 직접 마주하고 선배를 놀리고 싶었지만, 분명 그건 내게 불가능하다.

그러니 지금, 이 순간을 마음껏 활용하자. 그렇게 생각했는데…….

[저기, 날 잊은 건 아니지? 아니, 괜찮아. 평소처럼 꽁냥꽁냥 해도. 그래도 선배는 여기가 제 집이란 점, 그리고 타카시는 나도 아직 밥을 안 먹었단 점을 상기해 줬으면 좋겠네.]

귀여운 얼굴을 보이고 있는 친구가 확실히 짜증을 내며 끼어들었다.

"아, 네……."

[미, 미안…….]

유의 말에 반박할 수도 없거니와, 미안함이 급격히 몰려온 나와 쿠레하 선배는 함께 백발의 미소녀에게 사과했다.

[알면 됐어. 알면.]

후드를 벗고 백발의 맨얼굴을 드러내도 역시 유는 평소와 다를 게 없어서, 영상 통화 너머로 보이는 행동 하나하나에 어쩐지 안심이 되었다. 아…… 평소 그대로의 친구다……, 라고.

그리고 다음으로 이어진 말 또한 평소 친구 그 자체였다.

[그래서, 여자친구한테 복수하면서 기뻐하는 타카시한테 물어볼 게 있는데.]

"그렇게 표현하지 마. 아니, 틀린 건 아니지만, 그게 좀…… 그만둬 주세요."

생각지 못한 말에 내 입에선 갑자기 존댓말이 튀어나왔다.

그건 전혀 신경 쓰지 않고 백발의 친구는 화면 너머에서 싱긋 웃었다.

[내가 어떻게 하면 좋겠어? 쿠레하 선배가 요리할 수 있게 유도해? 아니면 내가 요리해서 선배한테 먹여?]

평소엔 후드에 둘러싸여 자세히 볼 수 없었던 친구의 장난스러운 얼굴. 눈을 가늘게 뜨고 마치 사냥감을 발견한 듯한 날카로운 시선을 내게로 향했다. 작은 입술 끝에 검지를 가져다 대고 요염한 입매를 만들어 내기까지.

그런 연출을 하면까지 꺼낸 유의 뜻을 모를 정도로 나는 바보가 아니다.

[나는 유가 만들어 줬으면 좋겠는데~.]

"선배는 잠깐 가만히 있어 보세요. 잠깐 진지하게 고민해야 해서."

[뭐야……. 그렇게 진지한 눈으로 말하면 두근거린단 말이야…….]

[하는 말은 욕망하고 상담 좀 한다는 내용인데요.]

연인의 말을 무시하고 나만의 세계에 빠진 나를 보고, 쿠레하 선배는 황홀한 표정, 유는 황당한 표정을 지었다.

그사이에 나는 깊은 생각에 빠졌다. 술에 취한 쿠레하 선배에게 요리를 만들게 할지, 아직 여유로워 보이는 유에게 요리를 부탁할지.

선배에게 이대로 앙갚음을 계속할지, 유의 리듬에 맞출지. 나는 고민하고 고민했다.

고민하는 사이에 들리는 쿠레하 선배와 유의 [으음……좋은 냄새……], [잠깐…… 술 냄새 나니까 그만두세요!!], [복숭아주라서 술 냄새는 별로 안 나……!] 등의 친근한 대화에 한층 더 고민이 깊어졌다.

고민하고 고민하고, 고민한 결과 나는 결론을 냈다.

"좋아, 유. 쿠레하 선배를 주방으로 안내해 줘."

[오케이. 그러니까 타카시는 해롱거리는 쿠레하 선배가 보고 싶다는 거지. 괴짜네~.]

"그것도 있지만."

[있지만……? 있지만 뭐.]

"유가 전전긍긍하는 모습을 한번 보고 싶네."

이참에, 양쪽을 보는 것이었다.

[너는 내가 아니라 애인한테 집중해!!!]

설마 이 말을 들은 유가 격노할 줄은 몰랐지만.

[으음…… 가쓰오부시 냄새 좋다. 뭔가 좀, 벗고 싶어지네. 벗어도 돼?]

[될 리가 없잖아요. 옷은 제대로 입고 계세요. 안 그러면

화면 너머에 있는 변태가 전부 본다고요.]

[으음~, 나는 오히려 보여 줘도 괜찮은데~?]

[변태 커플이었나.]

쿠레하 선배의 터무니없는 소리에 정신이 아찔해졌다. 게다가 전화 너머의 유의 당황한 목소리로 선배가 진심이란 것이 전해져왔다.

거기에 덧붙이듯이 [보여 줘도 괜찮다]라는 발언. 선배와의 생활 탓에 판단이 제대로 안 서는 나는 선배가 천천히 옷을 벗는 모습을 머릿속으로 상상하고 만다.

탐스럽게 열매를 맺은 모성을 상냥하게 해방하듯이, 여유로운 모습의 쿠레하 선배. 싱글싱글 웃으며 내가 부끄러워하는 모습을 상상하고는 대담해지는, 한 살 위의 연인. 유의 앞인데도 나를 끊임없이 놀리는── 쿠레하.

내 머릿속은 좋아하는 선배로 가득 메워졌다. 쿠레하로 절여졌다.

물론 유에게 그것을 들킬 수는 없었기에 얼버무려야 했지만.

"잠깐, 나는 변태가 아니라고."

[선배가 벗겠다고 할 때 화면에 얼굴 들이민 주제에.]

"……보고 있었냐."

[떠본 건데 진짜로 그랬던 거냐. 진짜 깬다.]

"으윽……!"

아주 멋지게, 내가 변태란 것을 어이없이 인정받고 말았지만.

유의 시선이 차가웠다. 지금까지는 말과 태도로만 느꼈던 것이, 시선과 눈매로도 느껴지니까 파괴력이 엄청났다.

하지만 쿠레하 선배는 내 심경을 신경 쓰지 않고 유아독존인 태도를 유지했다.

[그래서, 선배는 아까부터 뭘 하는 거죠? 제 뒤에서 꼼지락거리고.]

[응? 누드 에이프런인데?]

"누드……?!"

덜컹……!

나도 모르게 몸을 한껏 내밀어서 테이블이 크게 흔들리고 말았다. 그 정도로, 쿠레하 선배가 꺼낸 단어는 심히 충격적이었다. 아니, 충격적이었다기보다── 아까 머릿속을 메우던 망상이 가속했다.

분명 지금쯤 나를 놀리고 만족스러운 웃음을 짓고 있겠지. 히죽거리면서. 탐스러운 가슴에, 기름이 튀지 않도록 막는 천을 한 장 덮고.

당연히 누드 에이프런이라면 뒤는 무방비 그 자체. 하얗고 예쁜, 나는 물론이고 다른 남자의 손길도 안 닿았을 고운 등이 뇌리에 펼쳐졌다. 상상은 아무 의미도 없지만, 머릿속에서 선배의 등을 손가락으로 콕 찔렀다.

탱탱한 감촉과 동시에 '하앗⋯⋯! 우으⋯⋯응!' 하는 선배의 요염한 목소리가 머릿속에 울려 퍼졌다.

내게 당한 선배의 얼굴이 머리를 스쳐 지나가 더욱── 선배의 요염한 목소리를 듣고 싶어서 망상을 부풀렸다.

등 다음은 어디일까. 목덜미일까. 마지막으로 남겨둔 가슴일까. 아니면, 오늘 아침 청바지 너머로 목격했던 또 다른 과실일까. 우선은, 복숭아── 제철을 맞이한 싱싱한 엉덩이.

만지면 뭉개질 것처럼 말캉하게 흔들리는 연인의 엉덩이를 향해 손을 뻗으려던 순간이었다.

[어이, 변태.]

유의 위협적인 목소리가 내 정신을 현실로 되돌려놓았다.

"누가 변태야, 누가!"

현실로 끌고 와서 화난 것은 아니다. 오히려 현실로 되돌아올 수 있게 해 줘서 고마울 정도였다. 하지만 그건 그거고, 이건 이거. 나는 결코 변태가 아니다.

[표정만 보면 다 알아. 변태야.]

내가 부정해도 유는 다시 나를 변태라고 불렀다. 그 눈매가 날카로웠다.

하지만, 그보다 신경 쓰이는 것이⋯⋯.

"다 안다니⋯⋯ 뭐를⋯⋯."

마치 내가 유의 목소리를 듣고 현실로 돌아올 때까지 무

슨 생각을 했는지 꿰뚫어 본 것처럼 말하지 않는가. 당연히
신경 쓰일 수밖에 없었다.

[뭐냐니. 어차피 선배의 야한 모습을 상상하고 있었겠지.]

아무래도 유는 정말 꿰뚫어 본 듯했다.

꿰뚫어 보고, 나를 변태라고 매도한 건가. 내가 평소에 얼
마나 고생하는지도 모르고.

"잘 들어, 유. 방금 그건 불가항력이었어."

[뭐? 별로 듣고 싶진 않지만, 계속 해 봐.]

"쿠레하 선배의 누드 에이프런은 분명 처음이야. 그러니
까, 어떤 모습인지 궁금한 게 당연하잖아? 게다가 오늘 아
침도 알몸으로 깨우러 와서 큰일이었다고."

[얼마나 혈기 왕성한 거야.]

"선배가 멋대로 폭주했을 뿐이라고……."

이상하다. 변명할 생각이었는데 유의 시선이 점점 더 괴
팍해졌다. 마치 짐승을 보는 듯한 눈이었다.

어떻게든 더 변명해야…… 그렇게 생각한 것도 잠시.

[말은 그렇게 하면서 제대로 커졌잖아~.]

선배가 터무니없는 폭탄을 던졌다. 변명할 수도 없는 폭
탄을.

[당신들 참…….]

"아니……?! 그보다, 선배 어떻게 알고 계신 거예요?!!"

[으음, 그냥 그런 느낌이 들었어~.]

"그런 느낌이 들었더라도 입 밖으로 꺼내지 말아 주실래요?!! 지금 유가 저를 엄청난 시선으로 쳐다보고 있거든요?!"

[그전에, 화면에서 얼굴 좀 떼! 언제까지 변태 얼굴을 보여줄 생각이야.]

"아…… 미안……."

나는 그저 변명하려고 했을 뿐인데.

조금 더 자세히 말하자면 선배가 요리하는 모습을 영상통화 너머로 보고 싶었을 뿐인데.

왜 떨어져 있는데도 항상 선배한테 휘둘리기만 할까…….

그런 생각을 하면서 선배가 싫어지기는커녕 선배 생각이 더 많이 드는 건, 이제 돌이킬 수 없을 정도로 선배—— 쿠레하를 사랑하기 때문이겠지.

망상에서 되돌아온 내 뇌리에는 선배가 말했던 단어가 떠올랐다. 그건 아직은 먼일인데…….

[좋아요, 이거로 오케이.]

[칫, 모처럼 타카시 군을 기쁘게 해주려고 벗었는데…….]

[그럼 적어도 자기 집에서 해 주세요. 강제로 봐야 하는 제 입장도 조금은 생각해 달라고요.]

[네에…….]

유의 잔소리에 불만을 표하면서도 옷을 입는 쿠레하 선

배. 그 모습은 목소리로만 확인할 수 있었지만 볼을 부풀린 선배의 모습을 상상하는 건 쉬웠다.

복어처럼 볼을 부풀리고 삐진 듯이 눈을 가늘게 뜬 선배. 조금 전 망상의 영향일까. 자꾸만 선배의 모습을 상상하게 되었다.

[거기 있는 변태도 대놓고 아깝다는 표정 하지 마. 변태도 아니고.]

"변태라고 부르지 말아 줄래?!"

[그럼 변태 같지 않은 표정을 지어 봐. 왜 옷 입었다고 실망하는 거야. 지금은 안도할 타이밍이잖아?]

"윽……."

나도 자각은 하고 있기에, 유의 훌륭한 지적에 아무 말도 하지 못했다.

[나는 변태인 타카시 군도 좋아~.]

[선배는 잠깐 조용히 계세요. 제가 할 말을 못 하잖아요. 그리고 커플은 그냥 짜증 나요.]

선배의 응원도 유의 짜증에 허무하게 일축되었다. 아니, 오히려 선배의 말 때문에 유의 짜증이 늘어난 것 같은데 기분 탓인가?

분명 기분 탓이 아니겠지. 나도 선배와 사귀기 전에는 누가 연애 이야기를 하면 흐뭇하기도 하지만 짜증 나기도 했다. 분명 유가 지금 느끼는 감정도 비슷하겠지.

선배 상대로도 '짜증 난다'라고 일축하고 싶어지는 마음도 이해가 간다.

물론 그 선배 본인은 전혀 신경 쓰는 것 같지 않았다.

[일단 요리를 계속하죠. 아직 된장국밖에 못 만들었어요.]

[그렇게 서두르지 않아도 괜찮아~. 냉장고에 마침 좋은 게 있었거든~.]

[그렇다면 다행이지만⋯⋯.]

어디까지나 마이페이스. 남의 냉장고인데도 거침없이 뒤적거렸다.

"걱정이네⋯⋯. 요리도 그렇지만 허술함이 새어 나올 것 같은데⋯⋯."

아무리 유와 친해졌다고 해도 너무 풀어진 선배의 표정을 화면 너머로 본 나는 불안을 숨길 수 없었다. 심하면 불이라도 내지 않을지 걱정할 정도로. 하지만 현실은 상상과 달랐다.

불이 나기는커녕 비명이 들리지도 않았고, 칼에 손이 베여서 '으으, 아파아⋯⋯' 하며 덜렁거리는 모습조차 보이지 않았다.

카메라 렌즈를 통해 화면에 비친 것은, 평소 뒤에서 바라보던 연인의 진지한 모습. 매번 볼 때마다 가슴이 두근거리는 광경의 이면.

오늘은 평소보다 더욱 두근거렸다. 이건 분명 술 탓은 아니겠지.

[……능숙하시네요.]

[그야 본가에서 엄마한테 제대로 배웠거든.]

[그렇군요. 어쩐지.]

탕탕, 탕탕 하며 리드미컬하게 무를 토막 낸다. 눈 깜짝할 새에 벗겨진 무 껍질은 물에 잠겨 있었고 무 본체는 냄비 안으로.

유의 자연스러운 카메라 배치로 선배의 손놀림이 잘 보였다. 그냥 능숙한 게 아니라, 마치 프로의 주방을 보는 듯한 착각마저 들었다. 그야말로 요리사의 다큐멘터리를 보는 기분이 들 정도로.

하지만 역시 그 손은 선배의 것이었다.

[매일매일, 타카시 군을 생각하니 눈 깜짝할 새였지~.]

그 말과 귀에 익은 도마 소리가 기분 좋게 귓가로 흘러들었다. 아침에 일어날 때 가장 먼저 들리는 소리. 방문을 열면 기다리는 선배의 '좋은 아침~' 하는 목소리와 함께 들려오는 아침의 소리. ……지금은 일상에 없으면 위화감이 느껴지는, 필수 불가결한 소리.

"쿠레하…… 선배……."

나도 모르게 그리운 이름을 불렀다. 아무 의미도 없이. 그저, 부르고 싶어져서. 그저, 마음이 부풀어 올라서…….

"쿠레하와 결혼하면, 매일 행복하겠지……."

한번 자각하자 멈출 수 없어진 나는 터무니없는 말을 꺼내고 말았다.

결혼. 그 말의 의미를 대학생이 모를 리가 없다. 그렇기에 입 밖으로 꺼낼 땐 주의해야 한다.

주의해야 하는데……

"쿠레하와 결혼하면, 매일 행복하겠지……."

나도 모르게 마음이 앞서나가 입 밖에 내고 말았다.

당연히 통화는 아직 이어진 상태다. 게다가 영상 통화. 상대의 표정까지 볼 수 있다. 유의 '뭐라는 거야?'라는 듯한 표정도, 그 안쪽에 있는 쿠레하 선배의 새빨간 얼굴도. ……응? 새빨간 얼굴……?? 왜?!

나는 선배의 예상 밖의 반응에 놀라고 말았다. 그리고 선배의 당황은 말로도 드러났다.

[저, 저기 타카시 군……? 가, 갑자기 왜 그래? 그, 그런, 결혼이라니…….]

"아니, 그게, 갑자기라니 진심으로 말하신 건가요? 동거하자고 할 때 먼저 '아예 결혼해 버릴까?'라고 말한 건 선배인데요?"

[그건, 그게…… 그때 분위기라고 해야 하나……. 아니, 그거야. 결혼하고 싶단 마음이 거짓말은 아니지만 분위기

를 풀고 싶었다고 해야 하나······.]

"전 그때 선배의 말을 듣고 이렇게 진지해졌는데요."

[으읏······!]

뭐라고 해야 할까. 평소 선배를 생각하면 믿을 수 없을 정도로 동요하고 있다는 게 느껴졌다. 평소엔 헤실거리며 놀려 대는 선배의 동요한 목소리가 스피커를 통해 실내에 울려 퍼졌다. 당장이라도 울 것 같은, 떼를 쓰는 아이 같은 귀여운 연인의 목소리가.

선배의 동요한 목소리를 듣는 건 오늘이 처음은 아니다. 몇 번이나 반격하며, 동요하는 선배를 몇 번이나 봐 왔다. 그때마다 오히려 내가 더한 반격을 당했지만.

하지만 오늘은 평소의 동요와 달랐다. 반격할 기색은 없는 데다가 완전히 패배를 인정하고 있다. 마치—— 선배에게 계속 놀림당하다가 포기했을 때의 나처럼.

즉, 그런 건가······?

이상하게도 가슴이 들떴다. '결혼'이란 단어를 입에 담았을 때보다도 더 긴장되었다. 쿠레하 선배와 좀 더 깊은 관계가 되고 싶다고 생각한 적은 몇 번이나 있었다. 오늘처럼 선배가 누군가와 놀 때라거나. 그 상대가 유라고 해도 다를 바 없다.

나는 선배를 좋아한다. '결혼'을 입에 담을 정도로.

"선배, 결혼해요."

그래서 이번엔 의식적으로 지금의 기분을 선배에게 그대로 전하기로 했다.

분명 내 마음은 선배에게 전해졌겠지. 그렇지 않다면 지금 상황은 일어나지 않았을 테니까. 그래, 이런 식으로……

[아으웃……!]

[오오. 방금까지 부드럽게 움직이던 손이 심하게 떨리고 있어.]

[어, 어쩔 수 없잖아……! 타카시 군이 너무 멋있는걸……!]

[아니, 그래도 아까까지 가지런했던 무가 엄청나게 난도질당하고 있는데요.]

[아, 그건 괜찮아. 어차피 이따가 끓일 거니까.]

[요리엔 착실하시네요……]

[아앗?!! 설탕이랑 소금 헷갈렸어!!!]

[전형적인 실수까지……]

[괘, 괜찮아! 조금밖에 안 넣었으니까 영향은 별로 없을 거야……! 그리고 이제 메인인 생선을 넣어서 약불로 끓이기만 하면……]

[선배, 지금 강불인데요.]

[아앗……?!!]

듣고 있는 내가 걱정되기 시작했다. 처음처럼 조금 손이 떨리는 정도라면 잠깐의 당황으로 끝났겠지만, 조미료를 헷갈리거나 불 조절이 안 될 수준으로 허둥댈 줄은 몰랐다.

이렇게 덜렁거리는 선배도 좋아하지만.

그래도 덜렁거림도 정도가 있지. 뭐라고 해야 하나……. 내가 있으면 선배가 흐트러지는 듯한 기분이 들었다. 물론 선배를 누군가에게 양보할 생각도 없고, 덜렁거리는 선배를 사랑하는 마음은 변함이 없다.

변함은 없지만, 이대로 놔둘 수는 없었다. 그렇게 생각하면 내가 할 말은 하나뿐이었다.

"저, 저기, 선배……. 대답은 나중에 해주셔도 되니까……. 선배가 대답하고 싶을 때 해도 되니까요……."

대답을 미룬다.

분명 지금 당장 대답해야 한다는 생각에 허둥대는 것일지도 모른다. 그게 아니어도 상관없고. 어쨌든 나도 선배도 일단 거리를 둘 필요가 있었다.

그렇게라도 안 하면 우리 둘 다 정신을 못 차릴 것 같으니까…….

[……그래도 돼?]

"물론이죠. 그렇게 급한 일은 아니잖아요. 고백에 대한 대답은."

내 말에 안도한 걸까. 선배의 목소리가 차분해지기 시작했다. 아직 조금은 목소리가 높았지만, 허둥대고 덜렁거릴 때보다는 훨씬 나아진 목소리. 그런 선배의 목소리를 듣고 나도 안도했다.

하지만 역시, 이제 한계였다.

"그래서 말인데, 죄송해요. 통화는 끊어도 될까요? 계속 선배를 보고 있으면 또 이상한 말을 꺼낼 것 같아서……."

선배가 너무나도 사랑스러워서, 또 선배를 이상하게 만들어 버릴 것 같았다. 그것만은 피하고 싶었던 나는 즐거운 시간을 끝내자는 결단을 내렸다.

[그, 그래? 그러면 어쩔 수 없지……! 왜, 왠지 미안?!]

선배도 선배 나름대로 생각이 많아졌는지 높아진 목소리로 통화를 끝내는 것에 동의했다.

"선배, 안녕히 주무세요. 유도 미안해. 신경 쓰이게 만들어서."

[나는 상관 없어.]

[타카시 군, 내일 봐.]

"네. 내일 봐요."

곧장 나와 선배, 그리고 유의 통화가 끝났다. 길고 긴, 행복하면서도 복잡한 심경이 든 특별한 시간이…….

◇한담◇

"내 술, 마셨구나……."

261

문득 눈을 감자 스스로 원해서 술을 마시는 연인의 모습이 떠올랐다.

스스로 술을 마시려 하지 않았던 연인이, 내가 보지 않는 사이에 자신의 의지로 술을 준비했다. 그게 충격적이어서 잊을 수 없었다.

"무슨 짓을 한 건지⋯⋯."

화난 게 아니다. 술을 마시는 걸로 화가 나지는 않는다. 애초에 타카시 군과 함께 마시기 위해 사둔 것이다.

오히려 많이 마셨으면 좋겠다. 어떤 술이 줄어들었는지를 보며 타카시 군의 취향을 알 수 있으니 내게는 좋은 기회다.

하지만⋯⋯ 역시 타카시 군과 함께 마시지 못했다는 쓸쓸함도 느껴졌다. 아무리 유와 친하게 지내기 위해서라고 해도, 영상 통화 너머로 타카시 군과 함께 마셨다고는 해도, 역시 쓸쓸한 건 쓸쓸하다. 하지만 그건 그렇다 치고──.

"결혼, 인가~."

설마 타카시 군이 먼저 프러포즈할 줄은 상상도 하지 못했다. 술기운이라고는 해도, 엄청나게, 기뻤다.

그리고 충격적이기도 했다. 타카시 군이 먼저 프러포즈한다는 상황은 예상 범위 내에 없었으니까⋯⋯.

드물게 예민해진 나는 밤을 지새웠다.

"아— 젠장! 나는 왜 어제 그런 소리를 한 거야……!!"

하룻밤이 지나고, 나는 자기혐오에 빠져 있었다. 당연했다. 어제는 선배가 없어 쓸쓸한 마음에 선배의 술까지 손을 대서는 취해 버렸으니까.

술에서 깬 후 기다리던 현실의 쓸쓸함에 괴로워하는 것도 당연한 일이었다. 그게 비록 술기운이 아니라 언젠가는 결국 했을 말이더라도.

게다가 결국 선배는 아침까지 돌아오지 않았다. 메시지 어플로는 '점심쯤에 돌아갈 테니까 걱정하지 마'라고만 왔을 뿐. 답장은 아직 하지 못했다. 뭐라고 답장해야 할지 모르겠다. '알겠어요'라고 보내면 될까. 아니면 '걱정돼요'라는 진심을 보내면 될까.

안 되겠어. 머릿속이 선배로 가득했다. 일요일이니 학교는 쉬지만 마음은 전혀 쉬지 못했다. 차라리 선배에게 계속 놀림당하는 편이 몇 배는 편하다.

지금처럼, 가슴이 죄어들 정도로 마음이 아픈 건…… 앞으로 더 겪고 싶지 않다.

"……아침밥이나 만들까."

어제저녁에 이어서 아침밥도 오랜만에 만들었다. 마음의

위안을 위해 식사를 준비하게 될 줄은 몰랐지만.

하지만 모처럼 평소와는 다른 아침 시간. 특이한 짓을 하고 싶다는 생각도 들었다. 예를 들면── 공들인 아침 식사라거나.

지금 시각은 선배가 항상 나를 깨우는 시간에 가까운 7시 조금 전. 아직 여유가 있다.

그리고 냉장고에는 베이컨, 달걀, 버터와 식빵 등 아침에 알맞은 재료가 잔뜩 들어 있다. 선배가 어느샌가 사둔 식재료를 보자 또다시 마음이 꼭 죄어들었다.

지금 당장 만나고 싶었다. 어제의 대답을 듣고 싶어서 참을 수 없었다. 쿠레하 선배와 더욱 깊은 관계가 되고 싶다.

그런 앞서나가는 생각을 지우듯이 나는 냉장고를 힘껏 닫았다.

내가 아무리 앞서나가 봤자 선배의 의사를 알지 못하면 아무것도 할 수 없다. 나는 선배를 구속하고 싶은 걸까? 나는 내 마음대로 움직이는 선배를 좋아하는 걸까?

아니, 다르다. 나는 선배가 선배답게 있는 모습이 좋다. 평소 선배의 모습도, 반격당해서 조금 당황하는 선배도, 어제처럼 덜렁거리는 선배도, 전부 선배다운 반응이기 때문에 좋아하는 마음이 쌓인 것이다. 자유로운 선배의 모습을 내 손으로 망가트리려 하다니, 나는 대체 뭘 하고 싶었던 걸까.

냉장고에서 꺼낸 달걀과 설탕, 그리고 우유를 볼에 담아

섞으며 마음을 진정시켰다. 재료가 섞일 때마다 서서히 생각은 차분해졌고, 정신을 차리니 내가 얼마나 독선적인 생각에 빠져 있었는지를 깨닫게 되었다.

그래. 나는 선배와 함께 살고 싶다. 선배의 페이스를 고려하지 않고는 불가능한 일이었다.

"선배가 먹을 것도 일단 만들어 둘까⋯⋯."

눈 깜짝할 새에 완성된 아침 식사 재료. 이제 식빵을 달걀물에 일정 시간 재운 후 프라이팬에 구우면 끝.

원래는 몇 시간에서 하루 정도 재워 두는 편이 좋지만, 공교롭게도 지금은 생각난 김에 만든 것이다.

오늘 아침 식사는 달걀물이 스며들지 않은 상태로 만들 수밖에 없다.

그렇게 결론을 낸 나는 뚜껑 달린 용기에 든 달걀물에서 지금 먹을 만큼의 식빵을 꺼내, 녹기 시작한 버터가 기다리는 뜨거운 프라이팬 위에 그대로 올렸다.

치이익 하는 소리를 내며 구워지는 식빵은 식당에서 파는 '그것'과는 또 다른 매력을 뿜어냈다. 뒤집어 보니 얼룩덜룩하게 구워진 곳이 보여 초보가 만든 티가 났지만, 그것 이상으로 식빵에 스며든 달걀 향기가 참을 수 없이 식욕을 자극했다. 거기에 버터의 농후한 향까지 조화된 상태였다.

얼룩덜룩한 건 신경도 쓰이지 않았다. 지금 당장 먹고 싶어져서 다른 한쪽 면이 구워지기만을 기다렸다.

그러는 사이에 오늘의 아침── 프렌치토스트가 완성되었다.

"잘 먹겠습니다."

기다리고 기다린 아침 식사를 앞에 두고 손바닥을 맞댄 후, 프렌치토스트로 포크를 가져갔다. 맞은편의 빈자리를 의식하지 않으려 노력하면서…….

"어제는 여러모로 민폐 끼쳐서 미안. 다음에 보답할게."

아침이 되어서 나는 유의 집을 나섰다. 등에는 다 마시지 못한 술이. 그리고 손에는 어젯밤 대실패한 요리가 그대로 들려 있다.

"그냥 두고 가셔도 되는데요. 저도 종종 설탕이랑 소금은 헷갈려요."

"아냐. 이건 내 책임이니까. 본인이 저지른 건 본인이 치워야지."

"뭐, 선배가 그렇게 말씀하신다면 어쩔 수 없지만……."

유는 가져가지 않아도 된다고 아침부터 몇 번이나 말했지만, 그건 나 자신이 용서치 못한다. 엄마와 특훈한 성과, 그리고 내 나약한 마음을 유에게 처리시킬 수는 없다. 내 실패는 내가 끌어안아야지.

그런 내 마음을 이해했는지 유는 요리에 관해선 더 말하지 않았다.

"저기, 유. 나는 앞으로 타카시 군을 어떤 얼굴로 봐야 좋을까? 어떤 표정으로 귀가하면 좋을까?"

시각은 아침 아홉 시. 평소였다면 이미 아침 식사를 마치고 타카시 군과 꽁냥꽁냥 해도 이상하지 않을 시간. 손을 잡는 척하며 그의 팔에 내 부드러운 굴곡을 꾸욱 들이밀며 사랑하는 이의 표정을 감상해도 이상하지 않을 시간. 연인하고—— 멋진 시간을 보내야 했는데.

내가 서프라이즈로 타카시 군의 집으로 귀가하는 것을 망설이지 않았다면 이 상황까지 되지는 않았다.

좀 더 자세히 말하자면, 타카시 군의 말에 동요하지 않았다면—— '결혼'이란 단어에 당황을 느끼지 않았다면 분명 지금쯤…….

그런 생각을 하다 보니, 나도 모르게 유에게 이상한 질문을 하고 말았다.

"……네?"

내 질문에 얼빠진 목소리를 내는 유. 이럴 때 유가 억지로 배려하지 않고 솔직한 반응을 보여 주는 점이 좋다.

돌아오는 대답도 직설적.

"어떤 표정을 지어야 하냐니, 그야 평소대로 있으면 되죠. 평소처럼 타카시를 놀리면 되지 않을까요."

"그건 나도 알고 있는데…… 뭐라고 해야 하나, 내가 한심해져서…….”

"혹시 어제 타카시가 한 말을 아직도 신경 쓰시는 거예요? 결혼 얘기한 거."

"당연하지. 그렇게 진지한 타카시 군은 오랜만에 봤거든."

계속해서 직구를 던지는 유와 대화하다 보니 내 동요도 뒤늦게나마 진정되었다.

어젯밤의 일 때문에 꾸물거리며 고민하던 오늘 아침의 내가 거짓말 같았다. 타카시 군이 고작 실수 한두 개 정도로 내게 정이 떨어질 리가 없는데. 내가 진심으로 사랑하는 남자가 그렇게 가벼운 남자였다면 애초에 진심으로 엄마에게서 요리를 배우진 않았을 것이다. 기껏해야 간단한 요리만 대접했겠지.

시간이 꽤 걸리는 조림 요리는 나 혼자였다면 절대 배우지 않았다. 타카시 군이 있으니까 나는 의욕을 낼 수 있었다. 그래, 분명 의욕적이었는데…….

"하아~, 각오는 했다고 생각했는데~."

아무래도 그가 먼저 진심으로 어택할 줄은 생각도 못 했나 보다.

어제 한 말은 분위기를 타 흘러나온 것일지도 모르지만, 두 번째로 말했을 땐 진지 그 자체였다. 얼굴이 빨개져서, 나도 동요하지 않았다면 분명 '사과 같아서 먹고 싶다'라고 놀렸겠지. 그만큼 귀엽고, 그러면서도—— 다시 반할 정도로 멋있었다.

그래서 타카시 군의 말을 받아들일 각오가 되지 않았던 내게 놀라울 따름이었다. 매일 그렇게나 적극적으로 다가갔으면서, 상대가 먼저 다가오니 이 꼴이 되었으니까.

하지만 일반적으로는 어제 내가 보인 반응이 평범한 모양이었다.

"각오라니, 저희 아직 대학생인데요?"

"그래도 성인이잖아. 언제 결혼하든 이상하지 않아."

"……혹시, 진심이신가요?"

유가 조금, 아니, 상당히 의아하단 표정을 지었으니까.

"당연하지. 나는 진심으로 타카시 군이랑 결혼할 수 있어."

"………이러니 질 수밖에."

"지다니?"

"아뇨. 혼잣말이었어요."

유가 말하는 승패가 무슨 뜻인지 잘 모르겠지만, 아무튼 내 각오는 일반적이지 않은 듯했다.

하지만 그래도 괜찮지 않을까. 그야, 좋아하는 데에 이유가 필요 없듯이, 좋아하는 사람을 독점하고 싶은 것도 이유가 필요 없잖아?

그렇게 생각하니 자연스럽게 내 마음이 차분해졌다.

"일단 내가 점심쯤 돌아오는 줄 아는 타카시 군의 예상보다 빨리 들어가서 조금 놀린 후에 생각해 봐야겠어."

"뭐야. 역시 평소 그대로잖아요."

"평소대로 안 하면 진정이 안 되는 것뿐이야."

역시 나와 타카시 군의 소통은 놀리는 게 가장 즐겁고 두근거린다. 그 두근거림을 맛보면서 어제 대화를 이어 나가자. 분명 타카시 군도 용서해 줄 것이다.

당장이라도 타카시 군과 만나고 싶은 나. 아직 현관에서 유와 대화하는 중이지만 내 발끝은 귀갓길을 향했다.

그런 내 모습을 보고 유는 싱긋 웃으며 질문했다.

"선배, 마지막으로 하나만 물어봐도 될까요?"

"뭐야, 갑자기 예의 차리고."

"타카시의 진지한 표정을 오랜만에 봤다고 하셨는데, 전엔 어디서 보신 거에요?"

"그건……."

유가 어떤 의도로 질문했는지는 모르겠지만 대답할 내용은 하나였기에 나는 즉답했다.

"처음으로 타카시 군한테 고백받았을 때."

그 후, 유에게 '이제 가셔도 돼요'라는 말을 들은 나는 그대로 그녀의 집을 뒤로했다. 사랑하는 타카시 군에게 가기 위해——.

"타카시 군을 신부로 삼을래!!!"

연인의 집에 돌아오자마자 나는 바로 그런 말을 꺼냈다. 딱히 생각하지 않고 반사적으로 나온 말이었다. 본능적으로, 타카시 군과 함께 있고 싶다고 생각했다.

이런 가정적인 모습을 보여 주면…… 남자친구지만 신부로 삼고 싶어지는 게 당연하다.

"저, 선배? 어제 결혼 발언이 갑작스러웠던 점은 죄송하지만, 혹시 자기 성별이 뭔지 헷갈릴 정도로 혼란스러우신가요? 선배가 신부인데요?"

"그래도 이래선 누가 여자애인지 모르겠잖아!!!"

"어어……."

타카시 군은 당황했지만, 나는 그가 준비했을 프렌치토스트 재료를 보고 놀라는 중이다.

한편 내 손에는 어제 유의 집에서 만들다 실패한 전골 요리가. 전골 요리라고 해도 자르고 재료를 자르고 냄비에 넣은 후 간장, 미림, 설탕으로 끓이기만 한 간단한 요리. 그런 간단한 요리마저 실패한 내 눈앞에 펼쳐진 건 세련미의 영역에 들어선 수제 프렌치토스트였다.

여자아이라면 누구나 먹고 싶어 하는 이상적인 아침 식사 메뉴를 타카시 군이 만들고, 나는 요리 실패. 누가 여자아이인지는 명확했다. 그렇다, 남자인 타카시 군이 여자였다.

"저, 선배? 어제 제 말에 동요하신 건 알겠는데 너무 동요하셨어요. 저는 남자고, 여자는 선배예요."

"남자여도 신부가 될 수 있지 않을까?!"

"아뇨. 될 수 없고, 되지도 않을 거예요. 신부가 되는 건 선배예요."

"우리 둘이 신부라고……?"

"신부는 한 명이에요, 선배."

내 동요는 신경도 쓰지 않고 타카시 군은 차분히 나를 진정시켰다. 그런 냉정한 그를 보며 마음속으로 '못 이기겠다니까……'라고 생각하며, 조금은 마음이 차분해졌다.

차분해진 건 좋은데, 그와 동시에 부끄러움이 몰려왔다. 게다가 타카시 군은 너무나도 냉정했다. 오늘은 내가 놀림당하는 것으로 착각될 정도로.

"……조금 전의 대화는 잊어 줘."

"아뇨, 잊을 순 없죠. 그리고 귀여웠어요. 조금 전 허둥지둥하는 선배도."

"그렇게 말하면 평소에도 귀엽다는 것 같잖아."

"……? 그런 의미로 말한 게 맞는데요."

"으읏?!!"

타카시 군의 눈은 오로지 똑바로 나를 바라보고 있어서, 짓궂은 마음은 전혀 느껴지지 않았다. 나와는 전혀 달랐다. 그저 순수한, 나를 좋아하는 눈동자. 끝없이 빨려 들어갈 듯한, 내가 사랑에 빠져 버린 눈동자.

동아리── 술 동아리에서 억지로 덮쳐질 뻔했을 때, 날

도와주던 눈동자. 기세에 휩쓸려 타카시 군이 내게 고백했을 때의 눈동자. 허둥대던 그의, 사랑에 빠져 버렸을 때의 눈동자를 문득 떠올렸다.

그때의 타카시 군은 '이렇게 멋없는 타이밍에 말할 생각은 아니었는데……'라고 하며 고백을 취소하려 했다. 그런 그의 진지한 모습에 더욱 사랑에 빠졌다. 정신을 차려 보니 나는 엄마에게 어떻게 해야 좋아하는 남자아이를 함락시킬 수 있을지 상담하고 있었다.

그 상담 결과 중 하나가, 유의 집에서 만든 이 전골 요리인데.

"냄비, 열어도 괜찮나요?"

"괜찮지만, 실패한 건데?"

"괜찮아요. 선배의 수제 요리가 먹고 싶어졌거든요."

"그러면 지금 새로운 걸—— 아, 재료 놓고 왔다."

"그러니까 이거 먹어도 괜찮다니까요."

"내가 괜찮지 않아—!!"

"그래도 제가 만든 프렌치토스트를 눈 깜짝할 새에 먹어 치우셨잖아요. 내일 것까지 준비했는데 멋지게 텅텅 비우시다니."

"맛있는 걸 어떡해……."

"저도 선배의 맛있는 전골 요리가 먹고 싶어요."

"그러니까 실패해서 맛없다니까."

"그런 부분도 포함해서 맛있게 먹을게요."

어째서 타카시 군은 실패한 요리를 끈질기게 먹으려 하는 걸까. 새로 만드는 편이 훨씬 맛있을 텐데, 그는 실패한 것을 먹고 싶어 한다.

게다가 '내 요리를 먹었으니 내게도 선배의 요리를 먹게 해 달라'라는 듯이 물러서지 않았다.

그렇게 하면 지금의 내가 거부하지 못할 것을 알기 때문일까.

"맛없어도 책임 안 져."

그렇게 말하며 나는 냄비 뚜껑을 열어 내용물을 드러냈다.

완전히 식어 버린, 평소보다 달지 않고 짜기까지 한── 방어 무 조림을.

"선배, 같이 술 마실래요?"

냄비의 내용물── 선배가 만든 방어 무 조림을 보자마자 나는 그런 말을 꺼냈다.

아니, 말하지 않을 수 없었다고 표현하는 게 더 정확했다.

"지금? 아직 낮인데? 아무리 오늘 수업이 없다고 해도 너무 이르지 않아?"

"어쩔 수 없잖아요. 어제 마신 술은── 즐겁지가 않았는 걸요."

"즐겁지 않았다니⋯⋯ 앗, 역시 내 술이 조금 줄었어!!"

"죄송해요. 쓸쓸해서 저도 모르게."

"⋯⋯그렇게 쓸쓸하면 빨리 돌아오라고 하면 되잖아."

"그러면 모처럼 선배가 즐거워하는 자리를 망칠 것 같아서요. 그건 싫어요."

"그래도 프러포즈는 했잖아?"

"윽⋯⋯."

약한 부분을 보여 주자 쿠레하 선배가 평소 상태로 돌아왔다. 시무룩한 상태에서, 조금씩 활기가 돌아오는 것이 눈에 보일 정도였다. 그러지 않았다면 내게 주의를 주면서 냉장고에 있는 츄하이 캔을 체크하지는 않았겠지.

그리고 선배의 입가가 풀어지기 시작한 것을 보면 확실했다.

그리고 그 상태의 선배는──가차 없다.

"왜 프러포즈 한 거야~?"

"그야, 그건. 선배가 너무 귀여워서⋯⋯ 이런 생활이 계속 이어지면 좋겠다⋯⋯ 그렇게 생각하다 보니 입 밖으로 나와서⋯⋯."

"흐음~⋯⋯."

아, 선배의 기분이 더 나아진 모양이다. 선배의 입꼬리가 점점 올라갔다.

그리고 다시 놀림이 시작되었다──.

"그래서, 지금은 왜 술이 마시고 싶은 거야? 이유를 알려주면 같이 마셔 줄 수도 있는데~?"

"말은 그렇게 하면서 원래부터 같이 마실 생각이었죠? 그것도 마음껏. 벌써 손에 네 캔이나 챙겼는데요."

"그야 타카시 군이 직접 권유하는걸. 잔뜩 마셔야지~."

조금 전까지 요리 때문에 우물쭈물하던 선배는 이미 사라졌다. 그저 술을 좋아하는 선배가 눈앞에 있었다. 나를 좋아하는, 좋아하는 것을 감추지 않는 멋진 선배. 틈날 때마다 나를 놀리는, 내게는 아까울 정도의── 연인.

"그래서, 대답은? 이유는 말해 줘야지."

소파 바로 옆에 앉는 연인. 가볍게 퍼지는 달콤한 향기. 그것뿐만 아니라, 어렴풋이 나는 간장 향기. 그런데도 역시 마음을 충족시키는 선배의 부드러운 피부에 시선이 갔다.

셔츠로 가려졌는데도 빨려 들어갈 듯한 마성. 조금 전까지 생각하던 것들이 전부 날아갈 정도로 나는 선배의 동작 하나하나에 홀려 버렸다.

그런 내게 더 이상 잃을 건 없다.

"……선배의 요리를 보니까, 선배랑 스킨십 하고 싶어졌어요."

"──응?"

"그러니까! 선배랑 스킨십 하고 싶어졌다고요!"

지금의 나에겐 본심을 드러내는 일이 아프지도, 간지럽지도 않았다. 오히려 마음속의 찝찝함이 풀려 상쾌함까지 느껴졌다. 하지만 그건 아주 잠깐이었다.

"어어, 그러니까…… 술기운으로 스킨십 하고 싶다고 말하면 술 탓으로 돌릴 수 있겠다고 생각한 거야?"

"……네."

선배가 내 상황을 말로 설명하자 조금 부끄러움이 몰려왔다. 술 탓으로 돌리다니, 남자로서 할 일인가. 그런 생각이 머리를 스쳤다.

하지만 현실은 그렇지 않았다. 그런 건 선배에게 사소한 일이었다.

"아하하하하! 타카시 군도 이제 그런 수를 쓰는구나~. 그런 방법 안 써도 타카시 군이랑 스킨십 하는 건 언제든 환영이야."

술 탓으로 돌리는 걸 '그런 방법'이라며 웃어넘기는 쿠레하 선배. 그뿐만아니라 스킨십 하는 시간을 기다린다고까지 말했다. 쿠레하 선배는 이미 각오를 한 모양이었다.

"그야, 결혼할 거잖아. 우리."

나는 아직 어제의 말을 조금 후회하고 있었는데도…….

"푸하~! 낮부터 마시는 술도 꽤 좋네!!"

"결국 신나게 드시네요. 뭐였죠, 조금 전 대화는."

집으로 돌아왔을 때와는 정반대로, 지금 선배는 평소보다 마이페이스였다. 냉장고에서 꺼낸 츄하이 캔을 호쾌하게 마시고는 맛있다며 탄성을 질렀다.

그런 선배를 보고 있으니, 꺼냈던 말을 고민하며 꾸물거리던 내가 더욱 한심하게 느껴졌다.

"그야 타카시 군이 먼저 술 마시자고 한 건 처음이니까~. 무슨 일이 있었는지 좀 불안했거든."

"그런 것치고는 네 캔이나 가져오셨잖아요. 게다가 벌써 두 캔째고."

텅 빈 술 캔을 앞의 테이블에 두고, 새로 딴 술을 손에 들고 꿀꺽꿀꺽 마시는 선배에게서 '불안'은 느껴지지 않았다. 적어도 지금의 발랄한 선배에게선.

그리고 그건 선배가 본 나도 마찬가지인 듯했다.

"타카시 군도 잘 마시면서. 이제는 술에 완전히 적응했나 보네~."

"그야…… 선배와 마시는 건 즐거우니까요……."

"기특하게 예쁜 말을 다 하네. 더 마실래? 아니면 스킨십이나 할까?"

"손 잡고, 팔에 몸 비비적대면서 귓가에 숨을 불어넣는 이 상황은 스킨십이 아닌가요?! 그리고 한 캔 더 주세요."

"네에, 더 가져올게~."

스킨십이 불만인 것처럼 언급하면서 지금 상황에서 벗어

나려 하지 않는다. 그뿐만 아니라 손을 강하게 마주 잡고, 자신도 연인에게 몸을 밀착시키고, 얼굴을 가까이하는 연인의 샴푸 향기를 맡는 등 지금 상황을 나름대로 즐기고 있다.

그런 나를 꿰뚫어 본 듯이 선배는 내게서 잠시 멀어졌다.

하지만 그건 결코 분위기에 못 따라가는 내가 싫어서가 아니라, 그저 새로운 술을 가져오기 위해서였다.

"자, 스트롱으로~."

"아, 감사합니다."

선배가 건넨 것은 평소 마시는 것보다 알코올 도수가 훨씬 높은 츄하이 캔. 그리고 선배의 반대쪽 손에도 같은 것이 들려 있었다.

평소였다면 분명 마시지 않았을 것. 선배가 건네더라도 평소와 같은 기분이었다면 안 마셨겠지.

하지만 오늘은 평소와 같은 기분이 아니다.

"그래서, 좀 더 스킨십 하고 싶다고 했던가?"

"아뇨! 이것보다 더 스킨십을 할 거냐는 얘기였어요!"

"타카시 군은 싫어? 나랑 스킨십 하는 거."

"……하기 싫은 건 아니지만요."

"아니지만? 아니지만, 뭐?"

"그런 건 역시, 평범한 연인 관계일 때 해야 하는 게 아닌가, 하는 생각이 들어서."

"프러포즈했으면서?"

"윽……!"

놀리거나, 요염한 분위기를 내거나, 뭔가 바라는 눈빛으로 쳐다보거나……. 선배의 행동 하나하나에, 휙휙 바뀌는 표정에, 마음이 흔들려서 평소와 같은 기분으론 있을 수 없었다. 그야말로, 술을 마시지 않으면 버틸 수 없었다.

그래도 역시 술에 의지해선 안 된다고 브레이크를 거는 내가 있었다. 어제 술기운에 프러포즈한 내가 무슨 소리를 하는 거냐는 생각이 몰려왔다.

그리고 선배는 그런 내 생각을 정확히 꿰뚫어 봤다.

"……좀 더 술이 들어가야 하나. 방어 무 조림 가져올게. 조금 짜지만 술안주로는 어울릴 테니까 괜찮겠지."

"그게, 지금은 이것보다 더 진도를 나갈 생각은 없었는데요……?"

"괜찮아. 안 덮칠 테니까. 내가 당하기 싫은 건 타카시 군한테도 안 해. 절대로."

"그럼 다행이지만……."

다시 일어난 선배는 냉장고에서 방어 무 조림을 꺼내 전자레인지에 돌려 막 만들었을 때처럼 뜨끈뜨끈한 방어 무 조림을 가져왔다. 실패한 요리라고는 생각되지 않을 정도로 윤기가 도는, 술이 잘 들어갈 만한 안주를.

"오늘은, 앞으로의 이야기를 해 보자. 시간은 많으니까."

그렇게 말하며 테이블 위에 놓인 방어 무 조림. 입에 넣어

보니 생각보다 더 짧았다. 그래도 거부감이 들 정도가 아니라, 오히려 취기를 가속시키기에 딱 좋은 짭짤함이었다. 이제 술을 마시지 않고는 대화할 수 없는, 미래에 관한 이야기가 시작된다……. 그럴 예정이었는데—.

띵동, 하는 현관의 초인종 소리가 들리기 전까지는 정말로 그렇게 생각했다.

"네. 누구세요?"

"딸을 데리러 왔네."

"……네?!"

"오타니 쿠레하를 데리러. 내가 그 아이 아빠야."

"어, 아……."

"뭐 하는 거냐. 빨리 데려오라고!"

"아, 알겠습니다!"

현관을 열자 딱딱한 표정을 지은 양복 차림의 남성이 서 있었다.

얼굴엔 주름이 졌지만 양복 너머로도 확연히 느껴지는 탄탄한 체형. 그런 남성이 윽박지르면 얌전히 따를 수밖에 없다.

비록 그 사람이 언젠간 마주해야 할 연인의 아버지더라도.

엄격하다는 이야기는 들었지만 실제로 보니 대꾸할 엄두도 내지 못했다.

언제나 중요할 때일수록 한심해지는 내가 싫어졌다.

"으응~? 누구야~? 혹시 야한 책이라도 주문한 거야~? 안 돼~, 그런 건 편의점 배송으로 받아야지~."

아버지가 왔다는 사실을 꿈에도 모르고 현관으로 나오는 쿠레하 선배.

언제나 선배의 분위기는 변하지 않는다. 표정도, 그리고 피부도, 여전히 부드럽다.

그런 선배를 보자 조금 전까지 느꼈던 한심함이 사라졌다. 계속 한심한 채로 있을 정도로, 선배와의 대화는 사소하지 않다.

"야한 책은 요즘 주문 안 했는데요?! 그보다 그럴 때가 아니에요!!"

"으응? 타카시 군을 놀리는 것 외에 중요한 일은 별로 없는데~? 무슨 일인데 그렇게 허둥대는 거야?"

"선배네, 아버지가 오셨어요!!!"

선배와의 대화는 항상 즐겁다. 어떤 화제가 선배의 입에서 튀어나올지 몰라 긴장하면서도 설레는 내가 있다.

하지만 이번만큼은 설렐 수가 없었다……

왜냐하면 선배에게 전해 들은 것보다 훨씬 박력 있는 남성이 찾아왔으니까.

"어…… 왜……?"

"네가 제대로 답장을 안 하니 그렇지."

"……윽?!"

아버지의 화제, 그리고 현관문에서 안쪽을 들여다보는 아버지의 표정을 보자마자 선배의 표정이 험악해졌다.

항상 밝게 웃는 선배가 미간을 찌푸려서, 확실히 불편해한다는 점을 알 수 있었다.

"계속 말했지. 아무리 바빠도 최소한의 연락은 하라고."

"연락이라면 엄마한테 자주 하잖아."

"엄마뿐만 아니라, 나한테도 하라고 말했지."

"엄마한테 했으니까 그거로 됐잖아! 왜 아빠한테도 하나하나 다 전달해야 하는데? 괜한 수고잖아!"

"그래도 대학 입학 초반엔 나한테도 연락해 줬잖아. 그런데 왜 갑자기 엄마한테만 연락하는 거야!"

"그야, 아빠는 꼬치꼬치 캐묻고 끈질기니까!!"

"끈질——?!"

……음. 슬슬 말려야겠지.

점점 격해지는 말싸움. 노골적으로 드러난 선배의 짜증.

이렇게까지 감정적으로 화내는 선배를 보는 건 오랜만이어서 그리운 기분이 들었지만, 딸에게 충격적인 말을 듣고 있는 아버지의 모습을 더 보고 있을 수가 없었다.

"이, 일단 진정하세요. 지금 차를 내올 테니까요. 그래도 괜찮죠, 선배? 아버님?"

"네게 아버님이라고 불릴 이유는 없다만."

확실히 그 말대로다. 그에게 나는 아들도 뭣도 아니다. 그러니 아버님이라고 불리고 싶지 않은 점은 이해하지만, 적어도 좀 더 상냥하게 말해줬으면 좋겠다.

부모의 원수라도 보는 눈으로 나를 보지 말아 줬으면 좋겠다.

아니, 지금은 딸의 원수라고 표현해야 하나……?

"그러면, 어떻게 불러드려야……?"

아직 나를 노려보는 그를 정면으로 마주하고 물어봤다.

눈을 보고, 성심성의껏 대하며, 쿠레하 선배에게 어울리는 연인이란 점을 조금이라도 알리는 것만이 지금 내가 할 수 있는 전부였다.

"코타로……. 오타니 코타로다."

그나마 마음은 전해진 걸까. 작게 한숨을 쉬고 날카로운 눈을 누그러트리는 아버님, 코타로 씨. 선배의 아버지인 만큼 역시 두뇌 회전이 빠른 걸까. 작은 계기만으로도 순식간에 표정이 덤덤해졌다.

"그럼, 코타로 씨. 거실에서 천천히 대화하시겠어요? 차를 내올 테니 들어오세요."

"네가 괜찮다면 그러도록 하지."

"극진한 대접을 못 하는 점은 양해 부탁드립니다."

"아니. 자리를 내어 주는 것만으로도 고마워."

처음 품었던 이미지처럼 철저한 어른의 대응을 보여 주는 코타로 씨.

나도 덩달아 허리를 최대한 곧게 세웠다.

하지만 내가 차를 준비하는 동안에, 사건의 주인공인 선배는──,

"후후. 아빠가 방심한 틈을 타서······."

아무래도 다른 속셈이 있는 듯했다.

"선배, 뭐 하세요?"

"으응? 사소한 청소 의뢰, 라고 해야 하나?"

"······?"

선배의 손에는 스마트폰이 들려 있었다. 언뜻 보이는 메시지 어플 화면. 그리고 청소 의뢰라는 단어.

솔직히 전혀 이해가 안 됐지만 선배의 이런 표정은 몇 번이나 본 적이 있다.

선배가 나를 놀릴 때의 바로 그 표정이었다.

"괜찮아. 타카시 군이 걱정할 건 하~나도 없어."

선배는 괜찮다고, 걱정할 것 없다고 말했지만 불안을 지울 수 없었다.

선배를 못 믿는 건 아니다. 나를 믿지 못하는 것뿐이다.

선배가 놀리는 게 나뿐만이 아닐지도 모른다는 불안을 참아 낼 자신이 없는 것뿐이다.

"아빠 일이 정리되면 마음껏 꽁냥꽁냥 하자."

내 불안은 신경 쓰지 않고 가벼운 발걸음으로 거실로 향하는 선배.

코타로 씨가 기다리는 거실로.

"이렇게 앉았지만 내 생각은 변하지 않아. 쿠레하를 데려간다. 그게 끝이야."

테이블에 도착하자마자 팔짱을 끼고 완고한 의지를 표명하는 코타로 씨.

하지만 쿠레하 선배에게도 완고한 의지가 있었다. 나와 동거하고 싶다는, 확고한 의지가.

"데리고 돌아간다니, 나는 돌아갈 생각 없어! 타카시 군이랑 동거하고 싶은걸!"

"동거라니. 누가 그런 걸 허락했지?"

"엄마인데?"

"네 엄마가 또 멋대로……."

코타로 씨의 말투로 예상하건대, 가족 간의 의견 차이는 이번뿐만이 아닌 모양이다.

게다가 아무래도 선배의 자유분방함은 어머니에게서 물려받은 것이라는 강한 확신이 들었다.

생일에 했던 전화로 어느 정도 느꼈지만, 새삼스레 자유로운 모녀라는 것이 실감 났다.

물론 확신과 실감에 잠겨 있을 정도로 눈앞의 상대는 상냥하지 않다.

어쨌든 오늘의 상대는 쿠레하 선배가 아니라, 그 엄격하다는 선배의 아버지니까.

"너도 듣고만 있지 말고 무슨 말이든 해 보지 그래. 아까 현관에서 대화하는 걸 보니 쿠레하한테 휘둘리느라 힘들어 보이던데."

"어, 제가요?"

"그래. 너는 어떻지?"

"확실히 선배에겐 항상 휘둘리고 있지만……."

"그래, 그렇겠지."

"그래도 딱히 힘들지는 않은데요."

"그, 그런가……. 그렇다면, 다행이지만……."

예상했던 대답이 돌아오지 않아서인지, 코타로 씨가 말을 더듬거렸다.

확실히 휘둘리고는 있다. 항상, 매번, 24시간 내내라고 해도 과언이 아니다.

기분파에 외로움쟁이. 어른스러운 모습을 보이다가도 아이처럼 질투한다.

그런 감정 풍부한 선배에게 몸과 마음이 모두 휘둘리고 있다.

하지만 그만둬 달라거나, 힘들다고 생각한 적은 한 번도 없다.

왜냐하면 그런 선배가 좋아서, 너무 좋아서 참을 수 없으니까.

"……에헤헤."

"……뭐예요? 지금은 진지한 시간이라고요."

"으응? 그래도 몰래 하면 괜찮잖아."

"몰래라니, 뭐 하시려고요?"

"괜찮아. 잠깐, 타카시 군이랑 닿아 있고 싶을 뿐이야."

몰래, 하지만 단단히 손을 잡는 쿠레하 선배. 아무리 옆에 앉아 있다고 해도 코타로 씨에게 들키면 조용히 지나가진 않겠지.

손을 놔야 한다. 이대로 있으면 안 된다. 머릿속으론 그런 생각을 하면서도 떨쳐낼 수가 없었다.

귓가에 작게 울려 퍼지는 선배의 짓궂은 목소리에 이성이 조금 둔해졌다.

"우후후. 의외로 타카시 군은 손이 말랑하구나ㅡ."

"그렇게 말하는 선배도 손 말랑말랑하잖아요."

"그렇지~. 여자아이의 몸은 부드럽고 말랑말랑해. 너도 잘 알지?"

"그, 그건……."

"솔직해져도 괜찮다구~?"

"으윽……!"

부정할 수 없었다. 부정할 수 없을 정도로 선배의 부드러움을 알고 있으니까.

"후훗. 역시 타카시 군은 귀엽다니까."

정말이지, 선배는 정말로 자유분방하다. 이 자유로움이 선배다움이고, 그런 선배에게 끌린 내가 할 말은 아니지만.

"뭐지? 둘이 뭘 소곤대는 거냐."

"아, 아뇨, 아무것도 아닌데요?!"

"⋯⋯그렇게 당황하면 아무리 나라도 상처받는다만."

"죄송해요, 코타로 씨."

"흠. 알았으면 됐어."

코타로 씨의 목소리에 현실로 끌려 나왔다. 녹기 시작한 이성이 제 상태를 되찾아, 평정심이 돌아왔다.

조금 서먹한 듯이 미간을 좁히는 코타로 씨. 왠지 쓸쓸한 기색을 보이는 그에게서 사랑스러운 쿠레하 선배의 모습이 겹쳐 보였다. 역시 부녀구나.

"실례. 잠깐 편히 앉지."

착실한 사람이었다. 단 몇 분으로도 그걸 잘 느낄 수 있었다. 처음에 느꼈던 위압감은 이제 느껴지지 않았다. ──하지만, 그건 단지 내가 간과했을 뿐이란 점을 뼈저리게 알게 되었다.

"너, 너⋯⋯너희들! 진지한 대화를 나누는 와중에 대체 뭘 하고 있는 거냐?!!"

자세를 바꾸며 테이블 아래가 살짝 보인 모양이었다. 조금 전까지 가라앉아 있던 표정이 순식간에 분노로 물들었다.

"뭐냐니. 그야 스킨십 중이지."

"당당하게 할 말이 아니잖아! 몇 번이나 말했지. 교제는 좀 더 신중히 하라고!!"

위기 상황인데도 꿈쩍도 하지 않는 선배. 꿈쩍도 하지 않고 아버지에게 맞선다.

반면, 책상 아래로 손을 잡고 있던 것을 확인한 코타로 씨는 조금 전까지 차분했던 모습을 지우고 격분하기 시작했다.

그 와중에 선배는 무척이나 냉정했다. 그러면서 제대로 선배다운 모습도 보였다.

"그래서, 신중하고 진지하게 생각해서 타카시 군이랑 사귀는 거야."

"그렇게 밀착하는 게 어디가 신중한 거냐?! 무슨 일이 생기면 어쩌려고!!"

"무슨 일이란 게 뭔데?"

"그건 말하기 어렵지만……!"

"자세히 말도 못 할 거면 타카시 군이랑 사귀는 데에 불평하지 마!"

"어, 저기…… 선배?!"

부녀간의 감정싸움.

다른 사람 앞에서 스킨십 하는 우리를 떨어트려 놓으려고 목소리를 높이는 코타로 씨.

반대로 더욱더 밀착하는 쿠레하 선배.

그걸 보고 코타로 씨의 감정이 격해졌고, 그 모습을 보고 쿠레하 선배는 몸을 더욱 밀착시켰다.

말캉거리며 닿는 부드러운 몸에 두근거리고 있는데, 팔이 확 잡아끌렸다.

"이 기회에 타카시 군이랑 내가 얼마나 서로를 사랑하는지 보여 줄까?"

"보여 준다니, 코타로 씨가 더 화내실 거예요!"

"그건 그때 생각하고."

잡아끌린 팔은 선배의 복부에. 허리 근처를 끌어안는 포즈가 되었다.

비강을 확 간지럽히는 달콤한 향기. 이성이 녹진하게 녹아버릴 듯한 위험한 향기.

서둘러 자세를 고치려 했지만 상냥하게 쓰다듬는 손길에 힘이 빠졌다.

달콤하고 장난스러운 표정으로 나를 들여다보는 연인의 모습에, 이대로 있어도 괜찮지 않을까 하고 생각을 포기해 버렸다.

"이제——."

"이제?"

"이제 곧 아빠는 화내지도 못하게 될걸?"

"그게 무슨 소리……."

화내지 못하게 된다는 건 무슨 뜻일까. 오히려 이 상황에 선 더욱 화내지 않을까. 그런 불안에 휩싸인 순간이었다.

"아주 당당하게……! 빨리 떨어져! 너희는 아직 애라고! 무슨 일이 생긴 후엔 늦는단 말이다!"

뚜르르르르.

코타로 씨의 긴박한 설득이 있었으나 분위기를 깨트리는 벨소리가 양복 안에서 울려 퍼졌다.

"뭐야, 이럴 때…… 윽?!"

"……?"

통화 상대를 확인하자마자 창백해지는 코타로 씨. 한편, 득의양양하게 웃는 쿠레하 선배.

뭔진 몰라도 선배가 뭔가를 계획했다는 건 알 수 있었다.

하지만 체격 좋은 중년 남성이 창백해질 만한 상대는 대체 어떤 사람일까. 그런 생각을 하는 동안, 코타로 씨가 스마트폰을 귓가에 가져다 댔다.

"여, 여보세요. 무슨 일이야, 하루카. 갑자기 전화를 걸다니. 아, 아니, 딱히 전화 받기 싫었던 건 아니고! 하루카한테 그런 생각을 할 리 없잖아?!"

더듬거리면서 과장된 말투. 그런 코타로 씨의 모습에 나는 놀라움을 감출 수 없었다.

그리고, 그 상대의 정체에도.

"하루카란 사람 대단하네……."

"아, 응. 우리 엄마 대단하지?"

"──네?!"

놀라움이 두 배. 아니, 어느 정도는 알고 있었다. 선배의 어머니── 하루카 씨가 상당한 결정권을 지니고 있으리란 점은.

하지만 이 정도일 줄은 누가 상상이나 했겠는가. 그 엄격하다던 선배의 아버지가, 아내에게 약하단 점도.

"지금 당장 돌아오라니, 그건 조금······! 지금은 쿠레하랑 긴히 할 말이 있어서 말이야. 굶으라니 그런 소리 하지 말아 줘! 하루카가 만들어 주는 밥 없이 나는 어떻게 살라고?!"

아무래도 형세가 심상치 않다. 그보다 코타로 씨의 눈이 촉촉해지는 게 조금 불쌍하게 느껴졌다.

애처가인 건 좋지만, 이 정도 수준이면 다르게 표현해야 하지 않을까.

그래, 예를 들면── 잡혀 산다거나.

"알았어······ 아, 알았다니까······. 지금 당장 돌아갈게. 그러니까 기분 풀어. 하루카가 화내면 어떻게 해야 할지를 모르겠어."

뭐라고 해야 할까. 왠지 보면 안 되는 것을 보고 있는 기분이었다.

감추고 싶었던 것을 몰래 들여다 본듯한, 그런 기분에 빠져들었다.

그렇다고 해서 코타로 씨에게서 시선을 돌리거나, 자리를 뜰 수는 없었다.

"아빠만 보지 말고 나도 봐 줘."

나 좀 봐 줘. 나한테 집중해 줘.

그렇게 말하듯이 몇 번이나 손바닥을 눌렀다. 아니, 손바닥뿐만이 아니라 배나 얼굴도 꾹꾹 눌렀다.

탄탄하고 탱탱한 피부에, 말랑하고 폭신한 부드러움. 항상 팔이나 가슴에 닿는 것과는 또 다른 감촉에 끌려 들어갔다간 벗어나지 못할 듯한 위기감이 느껴졌다.

평소였다면 분명 위기감은 발동하지 않았겠지. 그대로 선배와 최후의 선을 넘기 직전까지는 끌려갔을지도 모른다.

하지만 지금은 다르다. 지금은 선배와 나만 있는 공간이 아니다. 선배의 아버지, 코타로 씨가 집에 있다.

만일 이대로 평소처럼 스킨십을 개시하면 모처럼 진정한 코타로 씨가 분노의 끝을 보여 줄지도 모른다. 그것만큼은, 정말 그것만큼은 피하고 싶었다.

"······그래, 알았어. 쿠레하와는 다른 날에 시간을 잡아 볼게. 그러니까 밥하고 기다려 줘."

선배의 손바닥의 유혹을 계속하여 참고 있자 코타로 씨의 통화가 끝났다.

후우…… 하며 한숨을 쉬는 모습에 위로의 한마디를 건네고 싶었지만, 그럴 새도 없이 선배가 입을 열었다.

"나는 아빠랑 할 말 없어."

"쿠레하. 너는 아직도 애처럼……. 조금은 어른이 될 생각은 없나?"

"아빠가 인정하지 않더라도 나는 훌륭한 어른인걸."

"그렇게 말대꾸하는 게 어떻게 어른이야."

"잠깐, 선배…… 이제 그만해요. 네?"

"으응? 걱정해 주는 거야~? 기쁘네~."

"그야 당연히 걱정하죠……."

선배를 달래는 사이, 치우는 걸 깜빡한 츄하이 캔이 코타로 씨의 눈에 담겼다.

"정말이지, 낮부터 술이나 마시니까 아직 애라는 거야. 나이도 찼으니 빨리 어른이 되도록."

빈 캔을 치우는 코타로 씨를 곁눈질하며 쿠레하 선배에게서 벗어나지 못하는 나.

이럴 때 실감한다. 나는 어디까지나 선배를 가장 우선한다는 것을.

그게 나쁜 일이라고 생각한 적은 없지만.

"일단, 오늘은 돌아가마. 하루카가 놔두라고 해서 데려가진 않겠지만, 조만간 제대로 시간을 잡고 대화하자고. 그때까지 언제든 집에 돌아올 수 있게 준비해 둬. 알았어?

쿠레하."

"……흥."

"너도 아무쪼록 쿠레하에게 이상한 짓 하지 말라고."

쌀쌀맞게 대답하는 선배는 결국 포기했는지, 자리에서 일어나면서 선배의 허리에 매달려 있는 내게 차가운 시선을 보내는 코타로 씨.

"이상한 짓이요?"

"쿠레하는 아직 애라고. 절도를 지키며 교제하도록. 알겠나?"

"아, 네……."

"그럼, 실례하지."

하고 싶은 말을 다 했는지 코타로 씨가 발을 돌려 현관으로 향했다. 선배와 나는 그 모습을 거실에서 보기만 했다.

코타로 씨가 돌아간 후, 선배와 나는 술을 마실 기분이 싹 가시고 말았다.

선배 특제 방어 무 조림을 묵묵히 먹고, 그 후엔 각자 학교 과제를 처리했다. 그러자 눈 깜짝할 새에 취침 시간이 되었다.

"아빠가 갑자기 그래서 미안해."

"아, 아뇨……."

"엄마가 어떻게든 할 테니까 타카시 군은 신경 안 써도 돼."

"알겠, 어요……."

길고도 짧은. 그러면서도 파란의 하루가 끝났다.

절도를 지킨 교제라……. 지금 와서 그런 말을 들어도…….

선배의 부드러운 배가 떠올랐다. 매혹적인 향기와 함께, 솔직한 마음을 되새겼다…….

◇한담◇

"절도를 지키며 교제하라니……."

다음 날 아침. 평소처럼 먼저 일어나 아침 식사를 준비 중인 나는, 어제 들은 아빠의 말을 떠올렸다.

절도를 지키며 교제하도록.

타카시 군을 향한 그 말에 나는 발끈하고 말았다. 그에 관해서 아무것도 모르면서 멋대로 아는 체하는 아빠의 말에 너무나도 화가 났다.

뭐든 무조건 부정하고, 나뿐만 아니라 내가 좋아하는 사람까지 색안경을 끼고 바라보는 사람에게, 타카시 군의 장점이 보일 리가 없지.

내가 좋아하는 사람은, 잘 알려고 노력하는 사람에게만 제대로 보이니까. 그를 받아들이려 했을 때 처음으로 매력을 실감하게 되는 타입이니까.

다가가려 하지 않는 사람은 타카시 군의 진면모를 알 수 없고, 그런 상대에게 내가 알려주고 싶지도 않다. 그런 일에 타카시 군과 나의 노력을 할애하고 싶지 않다.

"하아~, 어떻게 할까~."

설마, 아빠가 그런 타입일 줄은 생각도 못 했다.

다른 사람이었다면 그냥 거리를 뒀겠지만, 아빠 상대로는 그러고 싶지 않다. 그래도 나를 키워 준, 세상에 단둘뿐인 부모님이니까.

그래서 이해해 주지 않는 아빠에게 충격을 받고 말았다.

"……또 방해받고 싶지는 않은데."

문득 머리를 스치는 나쁜 계획. 그래, 머리로는 나쁘단 걸 알고 있다.

하지만 멈출 수 없었다. 생각하면 생각할수록 이 계획을 실행하고 싶어졌다.

누군가를 곤란하게 만들고 싶지 않다. 그저, 타카시 군과 단둘이 있고 싶다.

단지 그것만을 바라는 마음이, 나쁜 계획에 현실성을 더했다.

"오늘은 일요일이고, 내일은 공휴일……."

달력을 확인하며 적어도 어느 정도의 기간을 보낼 수 있을지 계산하는 나.

생각하면 생각할수록 멈출 수가 없었다. 멈출 이유가 사라져 간다.

"뭐, 타카시 군이라면 어디서 지내든 즐거워하겠지!"

취사 완료 알림과 함께 부모님에게 숨기고 멀리 떠날 결심을 했다.

아무에게도 방해받지 않고 타카시 군과 마음껏 꽁냥꽁냥하려면 과감한 결심도 필요하겠지. 괜찮아. 나는 어른이잖아. 지금은 애가 아니야.

"에헤헤, 기대된다~."

오늘의 아침 메뉴는 오차즈케. 어제 실패한 방어 무 조림의 양념을 베이스로 간을 맞춘 특제 오차즈케. 어제 일의 결말을 짓고 싶은, 내 나름의 마음 표현이었다.

"타카시 군, 외박으로 조금 멀리 가보지 않을래?"

"멀리로요?"

"응. 좋지? 준비라면 이미 끝내 놨어!"

"제 대답도 안 듣고요?!"

중요한 결단을 내려야 할 순간은 언제나 갑작스럽게 찾아오고, 생각할 시간조차 주지 않는다.

싱긋 웃어 보이며 안쪽 방에서 캐리어 가방을 끌고 오는 쿠레하 선배. 나는 설거지를 하며 그런 모습을 지켜볼 수밖에 없었다.

오늘 선배는 평소보다 더욱 사랑스러웠다. 하얀 니트 스웨터에 청바지.

외출용의 빈틈 없는 차림. 청바지도 착 밀착되었으나 굴곡 있는 몸매까지는 전부 가리지 못했다.

그 몸매가 어떤지를 몸으로 직접 체험해 봤기에 두근거리지 않을 수 없었다.

물론 눈을 둘 곳을 찾지 못하는 건 옷 때문만은 아니었다.

"타카시 군이라면 좋다고 할 것 같아서."

"아니, 뭐, 그건 맞지만……."

"에헤헤~. 역시 타카시 군~. 너무 좋아~."

"——으윽!"

방심했을 때 들어오는 직접적인 고백. 각오하고 있었어도, 이미 아는 내용이어도, 역시 나는 선배의 달콤한 말에 터무니없이 약하다.

옅은 다홍색 입술 틈으로 흘러나오는 호의. 항상 나를 놀리면서, 달콤하고 녹아드는 키스를 해 주는 부드러운 입술에서 나오는 감미로운 울림. 나는 생각을 포기했다.

어젯밤 침대에 누워 선배와 코타로 씨에 관해 생각했다.

이대로 두 사람의 다툼을 보고만 있어야 할까. 이대로 부녀간 마음의 거리가 벌어진 채로 둬도 괜찮을까. 고민하고 고민하다가 오늘 아침을 맞이했는데, 선배의 말에 모든 게 날아가 버렸다.

"그런데 어디로 갈지는 정하셨어요?"

"이즈 정도면 괜찮지 않을까~ 하는데."

"괜찮네요. 적당히 가까우면서도 먼 곳이니까."

"그리고, 온천이 있잖아."

"온천……?!"

"아, 지금 야한 상상 했지?"

"아, 어——."

"우후후. 어떨지는 이즈에 도착한 후를 기대해."

선배는 내 얕은 생각 따위는 금세 눈치채는 듯했다.

온천. 그 단어를 들었을 때 나는 곧바로 뽀얀 온천에 몸을 담근 선배를 상상했다. 그렇지 않아도 매끄러운 피부는 온천 성분으로 더욱 윤기 나겠지. 그리고 온천 특유의 유황 냄새와 선배의 달콤한 향기가 융화되어 최고의 향기를 만끽할 수 있을지도 모른다는 부정한 생각을 펼치고 말았다.

하지만 그건 나중으로 미룰 수밖에 없었다. 선배의 검지로 칠칠치 못하게 입을 벌리고 있던 것을 지적당했으니까.

"그럼 이즈를 향해 바로 출발해 볼까?"

어리둥절한 채로 돌발 여행이 시작되었다.

이때의 나는 아직 알지 못했다. 이 이즈 여행이 선배와 나의 관계를 더욱 깊게 만드는 계기가 될 줄은…….

후기

처음 뵙는 분은 만나서 반갑습니다. 순애계 러브 코미디 작가 코바야J입니다.

많은 작품 중에서도 이 작품, '술, 그리고 선배와의 달콤한 동거 러브 코미디는 스무 살부터'를 읽어 주셔서 정말 감사합니다.

이 작품은 '카쿠요무' 및 '노벨업+'에 연재되던 작품이 HJ문고 주최 'PICK UP 테마 장편 콘테스트'에 최우수상을 수상하여 서적화된 것입니다.

소설 자체를 잘 읽지 못했던 제가 이렇게 책을 내다니 세상일은 모르는 거네요.

그런 제게 소설을 쓸 계기를 부여해 준 오타쿠 친구인 M모씨에게 특대 감사를 전하고 싶습니다. 그가 없었다면 이 작품뿐만 아니라 제 작가 인생이 시작되지 않았을 테니까요.

마찬가지로, 이 작품을 평가하고 상을 주신 HJ문고 편집부 여러분.

아슬아슬한 표현이 잔뜩 들어 있는 작품인데도 선택해 주셔서 감사합니다. 기대에 부응할 수 있도록 정진하겠습니다.

다음으로 담당 편집을 맡아주신 A님.

여러모로 부족한 저를 끝까지 끌고 가 주셔서 정말 감사합니다.

회의를 위한 통화를 내심 즐기고 있단 점을 이곳에서 밝힙니다. 손 글씨를 잘못 읽은 이야기는 몇 번이나 다시 떠올리고 웃었는지⋯⋯.

일러스트를 담당해 주신 '모노토' 선생님.

보내주신 일러스트에 그저 발광밖에 하지 못하는 일러스트레이터 오타쿠라서 죄송합니다.

이런 좋은 일러스트가 제 작품에 들어가도 되는 건가?! 하는 감정이 폭주했습니다.

그리고 잊을 수 없는, 교열과 인쇄, 그리고 서점과 배송을 담당해 주신 여러분.

많은 분의 힘이 합쳐져 제 작품이 여러분께 도달할 수 있었다는 점을 이번에 다시금 알게 되었습니다. 가격이 만족스러운 작품이 되었기를 간절히 바랍니다.

그리고 이 작품을 읽어 주신 여러분. 어떠셨나요?

조금이라도 마음에 드셨다면 기쁠 따름입니다. 시간이 되신다면 X(구 트위터)에 감상을 남겨 주신다면 제가 바로 달려가겠습니다.

말이 길어졌습니다만 읽어 주셔서 정말 감사합니다.

부디 2권에서도 이렇게 인사드리고 싶습니다.

그땐 취향에 관해 이야기할 만큼 페이지를 확보할 수 있기를. 그럼 이만 꾸벅——.

Osake to Senpai Kanojyo tono
AmaAma Doukyo Rabukome ha Hatachi ni nattekara 1
©Kobaya J
Originally published in Japan in 2023 by HOBBY JAPAN CO., Ltd.
Korean translation rights ©2024 by Somy Media, Inc.

술, 그리고 선배와의 달콤한 동거 러브 코미디는 스무 살부터 1

2024년 10월 15일 1판 1쇄 발행

저　　　　자 코바야J
일 러 스 트 모노토
옮 긴 이 강유정
발 행 인 유재옥
담 당 편 집 정지원

이　　　　사 조병권
출판본부장 박광운
편 집 2 팀 정영길 조찬희 박치우 정지원
편 집 3 팀 오준영 이소의 권진영
디자인랩팀 김보라 차유진
디지털사업팀 박상섭 김지연 윤희진
라이츠사업팀 김정미 맹미영 이윤서
영업마케팅팀 최원석 박수진 이다은
물 류 팀 허석용 백철기
경영지원팀 최정연
발 행 처 (주)소미미디어
인쇄제작처 코리아피앤피
등　　　　록 제2015-000008호
주　　　　소 서울시 마포구 토정로 222, 502호(신수동, 한국출판콘텐츠센터)
판　　　　매 (주)소미미디어
전　　　　화 편집부 (070)4164-3962, 3963 기획실 (02)567-3388
　　　　　　　판매 및 마케팅 (070)8822-2301, Fax (02)322-7665

ISBN 979-11-384-8434-3 04830
ISBN 979-11-384-8433-6 (세트)